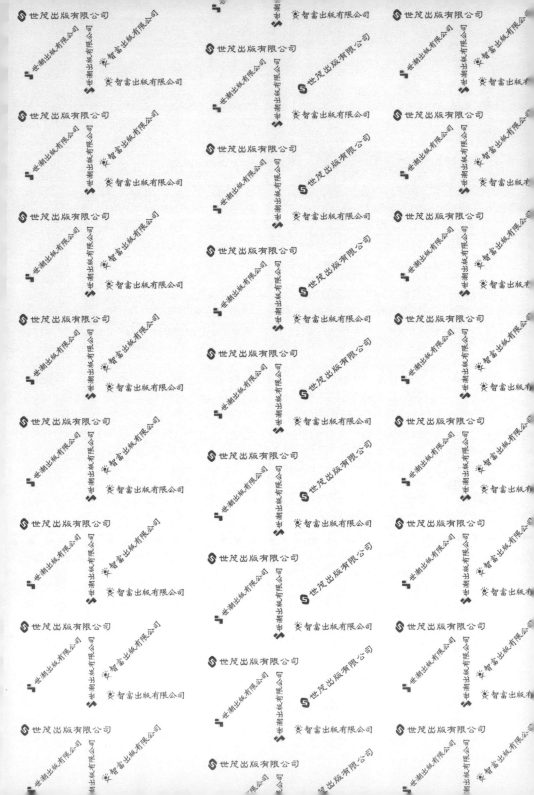

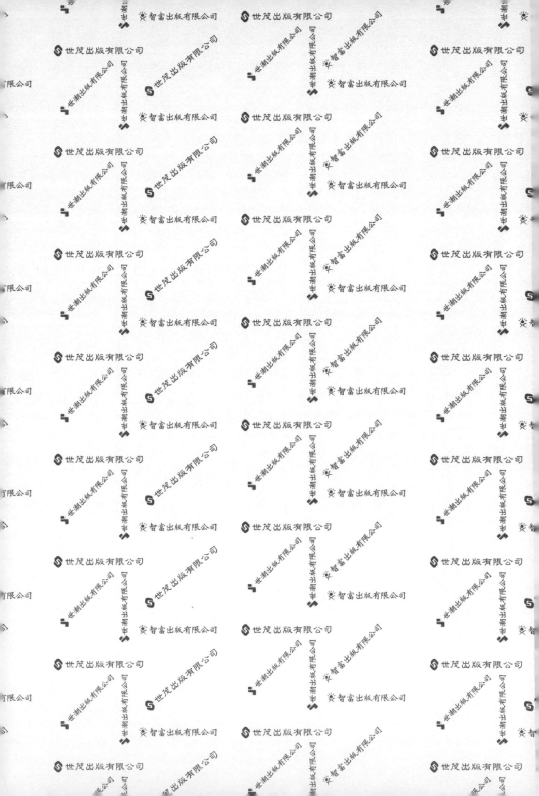

失戀救星
正港奇片

正港奇片/著　L鼻/繪

本書獻給我的家人、朋友、老師

序

誰是正港奇片？

想當初，在網路上第一次看到正港奇片的作品時，並不知道他是誰，對於作者名字也沒什麼印象，覺得畫風很草率，沒有什麼技巧的成分。但是，作品的內容，卻讓我印象深刻，直到後來他重出江湖，我一眼就認出他的作品。

後來我有幸採訪他，卻發現奇片本人，比他的作品更誇張，身高二百一，體重三十公斤，外表猶如布萊德彼特，身材猶如瑪麗蓮夢露。笑起來，連天地都為之動容。訪問他後，覺得更誇張了，他本人不菸不酒不賭不色，而且還是臺灣大學法律學士、紐約大學法學碩士和哈佛大學法學博士。在美國的時候，還打倒了入侵舊金山的怪獸，甚至是曾經踏入政壇，經歷白宮第一局副局長、賊鷗計畫負責人、Jaegr計畫總指揮官，後來因為玩膩了，所以改投入文創產業，以振興台灣已經疲乏的文創產業。

奇片本人的經歷精采，談吐也非常有風格，隨口說出的，不是論語、孟子、大學、中庸，就是道德經、快樂天、異鄉人、失樂天。就連電影也都略懂略懂，亂世佳人、驚魂記、魔鏡號，上知天文下知地理，簡直可以說是思想超人。

談到奇片的作品，可以說是綜合以上所有優點，套句金庸的話來說「意料之外 情理之內」……個鬼啦！每次的超展開，劇情總是比誇張又離譜，令你不禁想罵，「我他〇的到底看了三小!?」但是寫書嘛，寫什麼其實都可以啊。

而現在奇片與L鼻合作，可以說是美蘇冷戰之後，比富檻連載更令人感到驚訝的事情。L鼻的筆，當初已經不知道斬殺Fujoshi的心了，不過兩人其實就好像太陽跟太陽餅一樣，都很有名，但是王不見王，互相沒聽說過，怎麼會合作呢？

其實，這個秘辛，在「無限期支持奇藍在一起」粉絲團有提到過，聽說是透過了NASA與PPDC的撮合，因為外星人想要看奇片作品的渴望，已經造成外星人入侵地球的事件，所以要籌資，用賣書得來的錢，來製造出台灣版的雞甲獵人，來抵抗奇片引發的危機。

你說，你有什麼理由不看這本書呢？

看了這本書，可以拯救地球，考試考一百分，身子也變壯了，自信心重新回到了你身邊，還可以當乒乓球來打，好處多多，買來當父親節禮物、中秋節賞月也剛好，再加上印度神油一起用，簡直是如虎添翼啊！

現在就下手吧（指）！

——總統府貼身護衛，兼任網路守門員／狐耳喵

以上純屬唬爛，如有雷同純屬巧合，請看下頁

正常的序

認真的談論奇片

早期台灣論壇最全盛的時期，那時有機會看到奇片比較早期的作品。也許大家還有印象，就是講述一個一生斜眼的人，但是最後他卻是別有心機，非常棒的一個作品。從那個時候我就跟奇片結下不解之緣。

在網路上經營部落格一年後，有幸在初期就認識了奇片本人，進而訪問過他，對於他的創作十分的感興趣，他本人是真的天資聰穎，不僅是名校畢業生，就連生活也非常嚴謹，在這個社會真是難得的傑出人才。不說你們不相信，雖然上面唬爛很多，但是奇片原本的工作其實很不錯，是個在讀書方面頗為傑出的人才，但是為了創作，他卻辭掉了。

跟他聊天的時候，可以感受到他的一板一眼，不難想像他為了創作，而辭掉工作的決心。雖然話是這麼説，但是跟他聊天的時候，他沒有架子，對人和善，講話其實也不太喜歡搞怪，完全看不出來是一位創作出這麼亂來作品的作者（笑）。

正港奇片長期以異色、溫馨風格出名，內容看得出許多作者的想法，也有很多的用心在裡面。有很多人説，奇片只是正經中加入無俚頭，我想説，「這正是兩者難以兩相權衡之處，過多過少都不行，只有能者才能辦到。」

這正是屬於「正港奇片」的風格，誰也沒辦法取代。

而L鼻跟奇片合作後，又生出一種新的風味，就實務面來說，可以說是增加了很多賣點，L鼻不論是在畫面的表現，或是角色的設計都比較符合市場需求，雖然明顯比較偏女性一點（笑），不過L鼻本身是一位很幽默的漫畫家，對於內容的體現也很完整。

L鼻本人是一位很優雅的女性，但是幽默感十分充足，當在看她的Ask的時候，每次的妙答都讓我不禁笑出聲來，這種和善、幽默、優雅的性格，我想是她能夠跟奇片充分合作的最大理由。

這一本「失戀救星正港奇片」，不僅僅是搞笑，可以說是巧妙琢磨過的創作！

——網路評論家、部落客／狐耳喵

漫畫家推薦

大家好，我是藍島，不過我是誰並不重要。
那你還講
因為今天的重點是正港奇片！
正港奇片自拍
這位號稱人間邏輯破壞者的天才終於出書了！
初讀此書時
我赫然發現

熱血
溫馨
感人
刺激

在這本書裡
通通
沒有
你在看這本書時只會有一種感想
淦在畫三小
不會有別的了，請放心的閱讀。

藍島正藍

知名圖文作家

表介紹：藍島是四格漫畫家，作品多為自婊、針砭時事，風格嗆辣勁爆，最擔心未成年幼童看他作品。

裏介紹：與圖文作家睫毛存在若有似無的曖昧，硬是介入宗成×睫毛的感情世界，殊不知有個叫做奇片的人在癡癡盼他回頭。

漫畫家推薦

韋宗成

知名漫畫家

表介紹：宗成老師的畫風精緻，結合萌與寫實，作品融合台灣文化與經驗，加以蘿莉化或諷刺化，因此使讀者感到親切。

裏介紹：在板橋府中展結識總受圖文作家睫毛，兩人總會在彼此作品曖昧的提起對方，網友見狀群情基憤之下，將兩人湊成一對的都市傳説延續至今。

著作：<新世紀國軍戰士>、<冥戰錄>

漫畫家推薦

睫毛

知名圖文作家

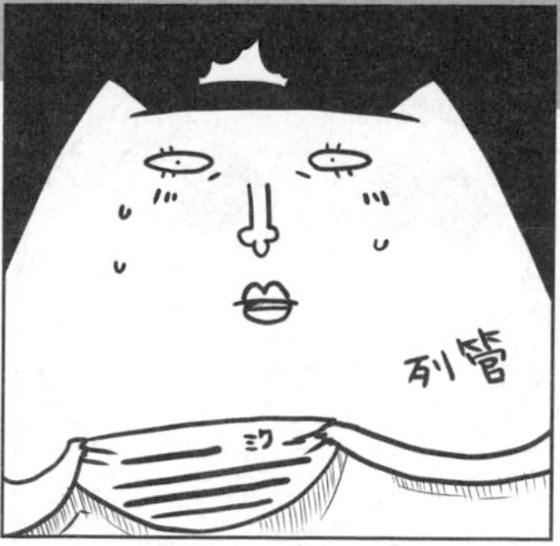

表介紹：睫毛的畫風精美，人物造型討喜，內容多為自身經歷的有趣吐槽，充滿著攻與受、偽娘的愛的內容。

裏介紹：由於偽娘扮相可愛，被漫畫家宗成看上，內心存在被虐的總受性格，相當享受宗成的變態施予。
著作：<老媽我想當爽兵>

漫畫家推薦

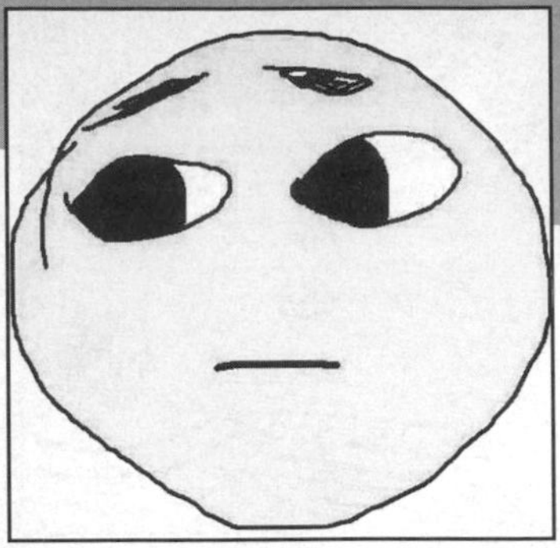

BIGUN

知名漫畫家

BIGUN 擅長奇幻、搞笑作品，其架空世界作品<勇者（略）>，顛覆以往英雄拯救公主的情節，瘋狂的搞笑之餘，在男男角色上也有隱含的曖昧發展。

著作：<勇者（略）>、<春秋師聖>

漫畫家推薦

狐耳喵

知名娛樂新聞評論員

狐耳喵是資深動漫新聞人，消息廣博靈通，撰寫評論深刻創新，在出版界相當具有影響力。

我推薦奇片！
有問題去問我主人吧，咱只是板娘
我怎麼這麼小隻，我應該才是主角吧還沒露正面

漫畫家推薦

好色龍

知名美式漫畫翻譯家

好色龍將美式漫畫、卡通（如探險活寶、彩虹小馬）引介入台灣，為漫畫市場注入多元的新血，其文筆獨到精確，成功將美式搞笑傳遞給讀者。

漫畫家推薦

忽田各

知名漫畫家

忽田各的畫風豐富，擅長組合不同風格，創作元素多元，相當有病（稱讚意味），惡搞各種動漫主題，分鏡畫面帶有爆炸威力。

著作：<肌肉寶貝>

漫畫家推薦

海豚男

知名圖文作家

海豚男畫風可愛，給人大海般的療癒效果，作品固定班底栗子頭是個貪小便宜，卻又疼愛姪女的鮮明角色。

著作：<海豚男的海海人生>、<四海遊長崎>

漫畫家推薦

漢揚

知名漫畫家

漢揚畫風有獨特的美式風格，內容充滿豐富的梗，總讓讀者閱讀作品時充滿驚喜樂趣，相當具有惡搞精神。

著作：<揪心漫畫教室>、<白雪新幕>

你知道嗎？

皮咖啾臉上的紅點，其實是牠的乳暈。

目錄

序

漫畫家推薦

第一章 奇片的觀察日記

第二章 奇片小褲褲

第三章 奇片與他的好朋友

第四章 奇片內心戲

特別收錄

登場人物介紹

藍島正藍

此人就是畫開頭推薦序的漫畫家，完全未在本書出場的角色，在此介紹的用意是要警告讀者，此人猥褻，看到請盡速報警抓走。

正港奇片

本書作者兼本書主角，網路圖文作家，目前單身，這意味著，如果你看完本書後愛上奇片，可以趕快跟他告白。

本書大綱

大家好，我是本書作者奇片，感謝您購買此書。
本書由短篇故事構成，各個短篇互相獨立，不相關連，請盡情享受閱讀樂趣！

第一章 奇片的觀察日記

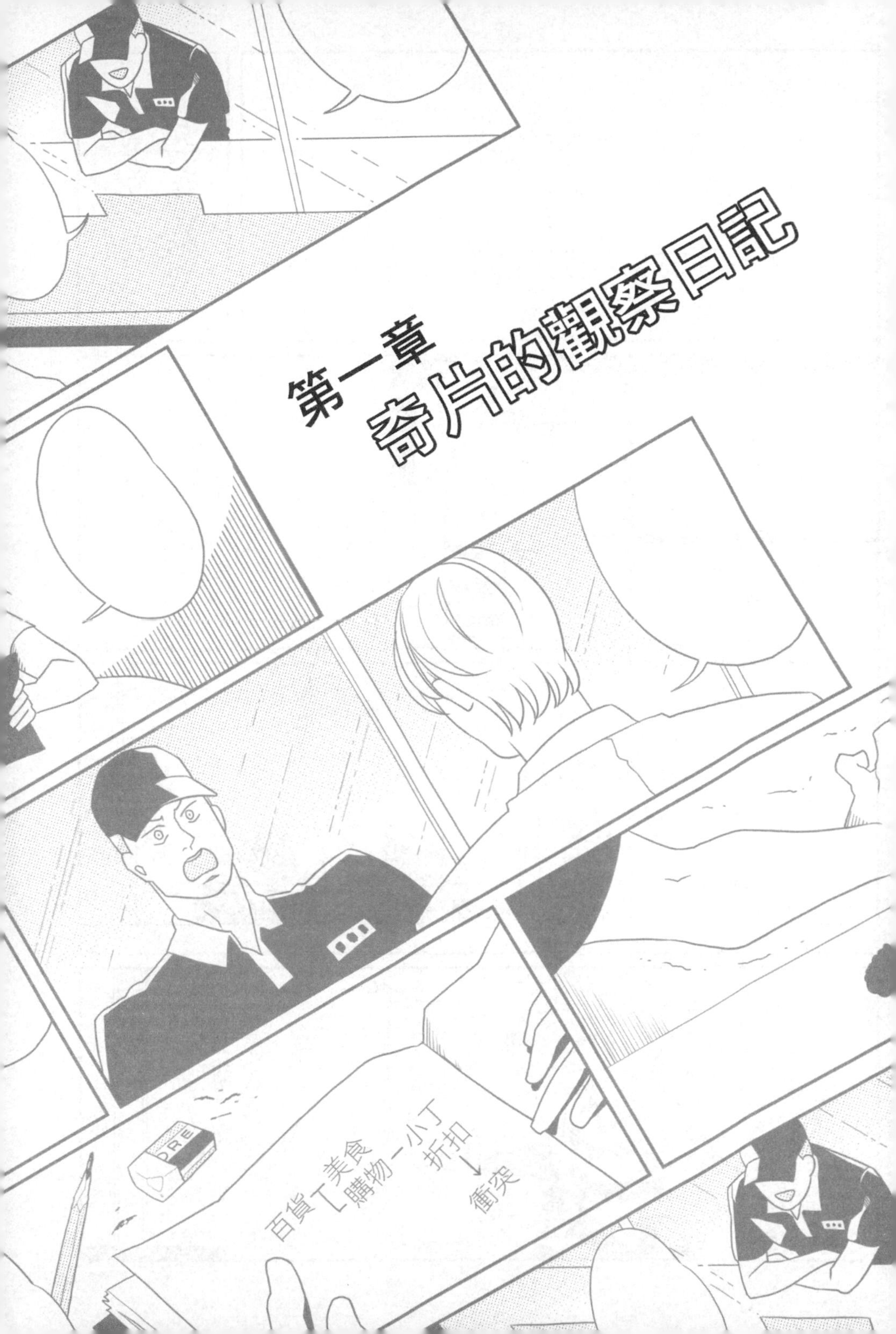

奇片的幻想
沒女友系列
因為現實中奇片有女朋友，所以只好藉由幻想來實現自己沒女友的情節。
太好了，單身看電影，想看什麼就看啥，
請給我一張「實習大叔」電影票。
……
幹嘛？
你的女朋友呢？應該要買兩張吧！
住口住口！我現實當然有女友，但讓我…
幻想一下沒女友不行嗎？這是虛構故事耶！

你別開玩笑了，要寫一篇奇片沒女友的故事，
可是比「科幻小說」還異想天開！
不…
我知道要想像奇片沒女友是不可能的事，
所以我設定了「奇片的女友因誤觸了空間裝置暫時被吸進平行宇宙」——
所以這個宇宙中「奇片是暫時沒有女友的」。

警察嗎？我們這裡出現沒女友的奇片！
趕快找個女友給他！不然這世界結構要顛覆了！
晨間新聞，自小到大身邊都有女友的奇片，
今天被證實「最近沒有女友」。
因為「奇片有女友」的定律就像原子、電子定律一樣真實而存在，
所以奇片如果沒有女友，絕對會顛覆人類的世界…
目前聯合國維安部隊、美國A12國安調查團，
已經開始協助奇片交女朋友…

奇片！為了人類的和平秩序，我們找來你喜歡的女生，快點交女友吧！
為什麼……為什麼半刻的單身生活都不給我？
別幻想了！現實的奇片就是有女友！
嗚嗚……我好想要沒女友……
給奇片秀秀！
一直有女朋友，這大概就是身為奇片的宿命吧

廣告
奇怪吶！
怎麼沒有廠商找奇片畫廣告文？
有了！我先幫廠商畫免費的廣告文，
讓他們看到效果後，廠商就會找我畫廣告文了！
OK，幫這家「益隆餅乾」發廣告文了。
這家好吃喔，讀者快來ㄘ！
一天後
在看《如何對老婆好：做個100分丈夫》的書
如何對老婆好
做個一百分丈夫
鈴鈴

奇片你好，我是益隆餅乾廠長——
哈！你們看到我的文了吧，很有效吧，要不要找我畫廣告？
請…請快點撤掉那篇文！
我們公司快倒了——
因為奇片你的形象太惡劣，
代言的商品馬上被人聯想成「黑心有毒」，
所以從你發文的時間開始，我們餅乾銷量瞬間狂跌，
不但如此，民眾紛紛來退貨，我們的員工通通出走了。

請快點撤下廣告吧！
呃…
廠長你好…
但是我要按刪文鍵…滿辛苦的啊…
什麼意思？
也許要我乖乖把文章刪掉…
五、六十萬跑不掉啊…

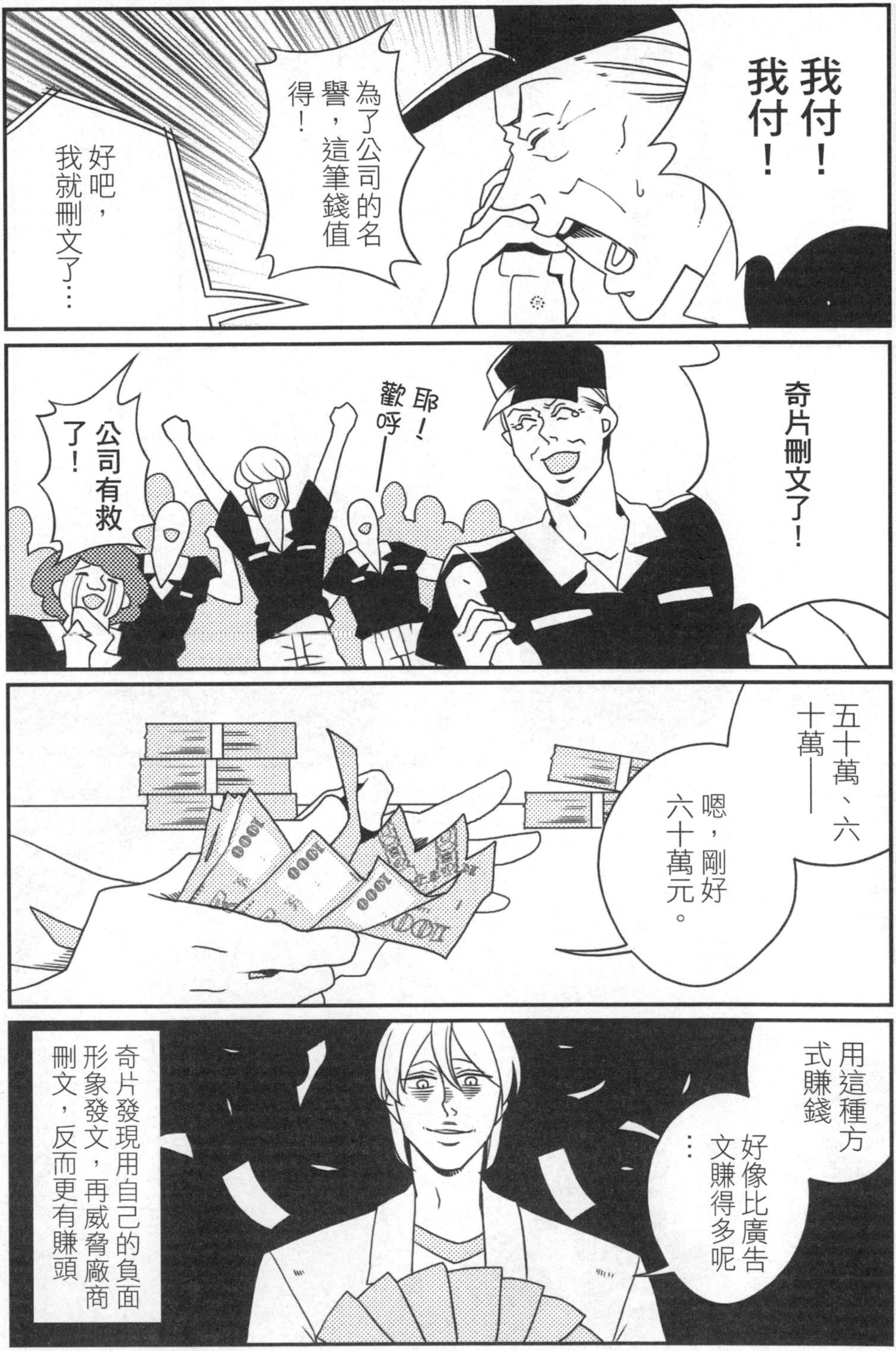
我付！我付！
為了公司的名譽，這筆錢值得！
好吧，我就刪文了…
奇片刪文了！
耶！歡呼——
公司有救了！
五十萬、六十萬——
嗯，剛好六十萬元。
用這種方式賺錢…
好像比廣告文賺得多呢
奇片發現用自己的負面形象發文，再威脅廠商刪文，反而更有賺頭

出息
十年前，小依看上了更高更帥的男生，便把奇片給甩了。
小依！回來吧！
你只會畫漫畫有什麼出息？
瞧瞧人家喬治，又會念書又會運動，你怎麼比？
嗚……
你再畫下去，也不可能有任何發展的！
十年後
奇片！奇片！

奇片漫畫多人欣賞，成為漫畫小霸王。
奇片少爺，您要去哪呢？
前女友小依和喬治家。
過去她說我沒出息…
十年後我要她看看，我是不是真的沒出息。
好，她家到了。
奇片！
奇片！我愛你！
叮咚
小依，喬治，我來看你們了

轟轟
轟
轟隆隆
哇！
救命啊！
一介草民，
你找銀河國協總督喬治與銀河皇主小依什麼事嗎？

他們正在召開天鵝星雲戰事和平協定，
如果有星際等級B以上情事，才可通知他們。
沒事！我只是借大便！
沒錯，小依說的沒錯…
奇片真的沒出息，超沒出息啊！

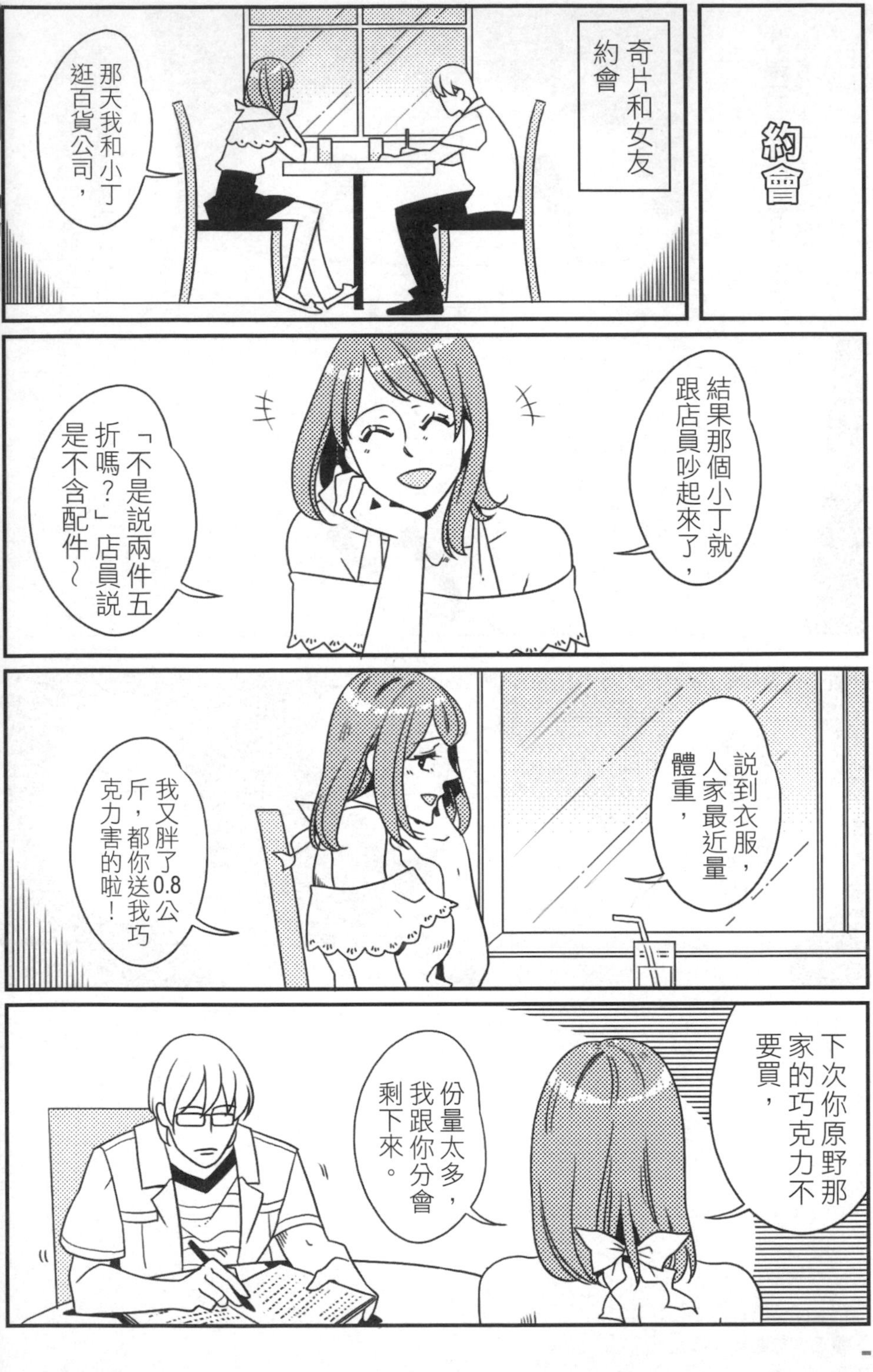
約會
奇片和女友約會
那天我和小丁逛百貨公司，
結果那個小丁就跟店員吵起來了，
「不是說兩件五折嗎？」店員說是不含配件~
說到衣服，人家最近量體重，
我又胖了0.8公斤，都你送我巧克力害的啦！
下次你原野那家的巧克力不要買，
份量太多，我跟你分會剩下來。

好，現在看看你有沒有專心聽——
奇片，小丁為什麼和店員吵架？
嗯，我找找我寫的筆記，
購物篇，第二章第六節⋯
第二章第六節——
女友筆記
Wife Note
翻到了，因為小丁和店員有折扣的衝突。
百貨
美食
購物
小丁折扣
衝突

請註明是「配件」，
只說衝突太廣泛了，好像你沒很仔細聽。
對不起，老婆！
我馬上註明…
老婆，我想提問。
說吧…
體重，巧克力篇第五段第二節，
你提到巧克力分量太多，

這邊我不太懂，能否舉例比較不同的分量？
嗯…
這問題很好，代表你有用心聽
現在我要說明不同分量巧克力的定義。
請等一下，我要用錄音筆錄音，
這樣我回去可以再重新溫習。
當天晚上
對我來說，金莎巧克力的分量算適中，
但我喜歡吃堅果風味的。

原來是堅果風味，這要畫重點。
女友學
the theory of Girlfriend
女友基礎理論
奇片把女友說的話通通記下來並用心研讀，
奇片不但用心聆聽女友說的話，
還把這些話當做人生真理。
能夠成為奇片的女友，
大概是世界上最幸福的事了！

一用餐一

奇片我很不喜歡跟一種人吃飯
這家蛋糕好吃！
你的餐點來了。
哇！看起來超美味！
趕快開動吧！
等一下！
…
拿出智慧型手機
先不要吃喔！
又來了…
沒錯，這種人上菜第一件事不是開動，而是拿出智慧型手機。
快好了，等一下喔！
然後
靠近
切蛋糕

智慧型手機做成平版就是這個目的，
這樣就不用隨身攜帶餐刀了。
不過科技日新月異
好了，快吃吧！
來，看看八分熟好不好吃？
手機這種功能也是方便啦
我個人是覺得滿髒的啦，手機上面都是口水…
但有些人愛這樣，實在沒辦法…

—同學會—

國小同學會
同學A
我畢業十年後，認識了這麼漂亮的女友。
同學B
我在美國矽谷當總裁，隨便年薪就有千萬，
今天大家吃的我請客！
1000
GN1314520
同學C
我在NASA做導彈模擬，每天要跟美國總統開會呢！
奇片你呢？畢業後你發展得如何？
有沒有大事業、大成就？或是超正的老婆？
各位，我從國小畢業到現在過了十年⋯
我唯一的成長⋯

就是我去尿尿——
已經不用別人陪了！
那裡…很暗啊！
老婆怕怕！
等等，我叫我的私人保鑣…
議論紛紛
擺明在炫耀！
又……又怎樣？
我也快要不用別人陪了！
看好，我一個人去尿尿給你們看。
W.C
咦!?
我…有點逞強，上次練習一個人去廁所
也沒有這麼暗啊…

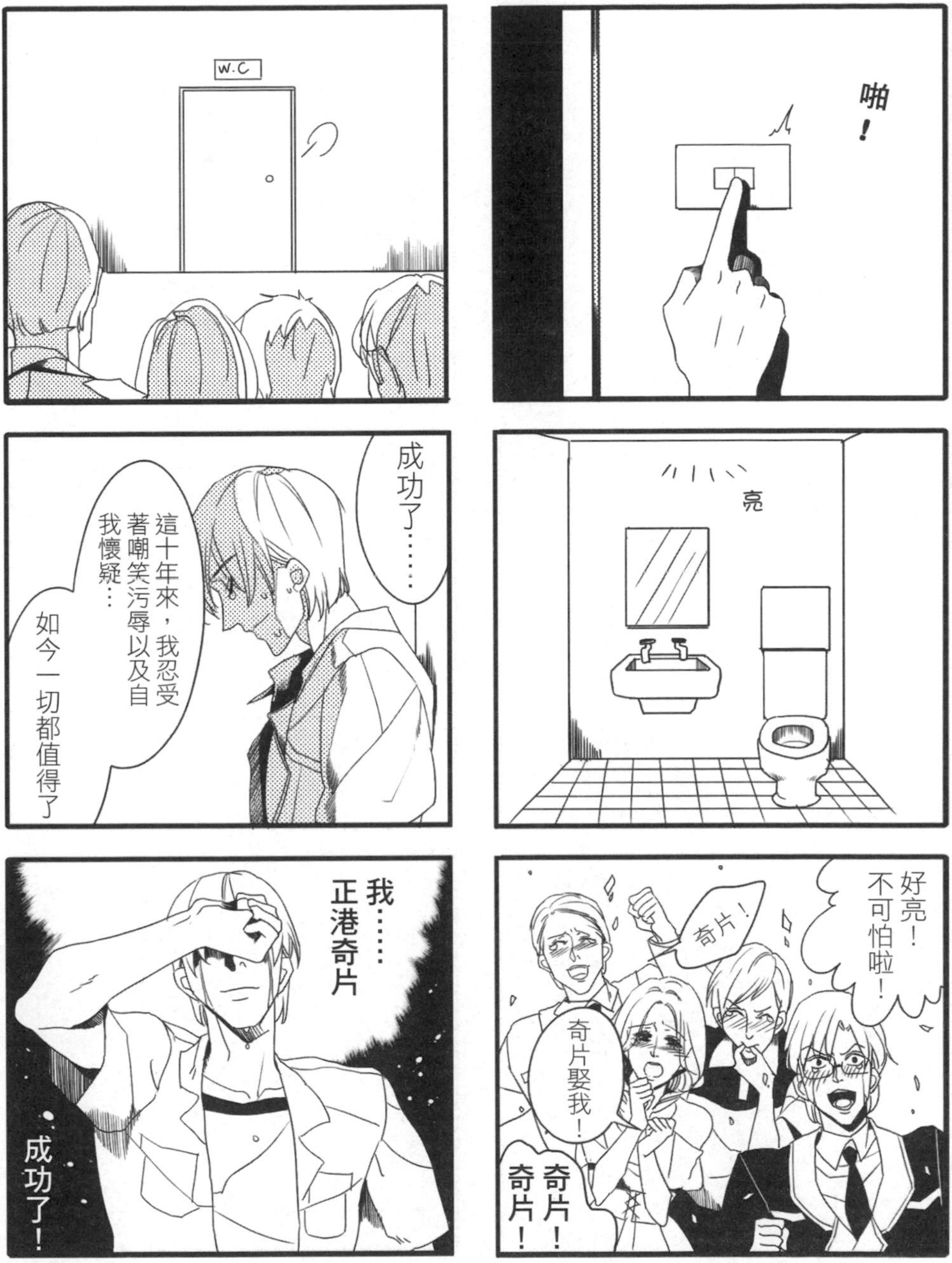
W.C
啪!
亮
成功了……
這十年來,我忍受著嘲笑污辱以及自我懷疑…
如今一切都值得了
我……正港奇片
成功了!
好亮!不可怕啦!
奇片!
奇片娶我!
奇片!奇片!

—撿肥皂—

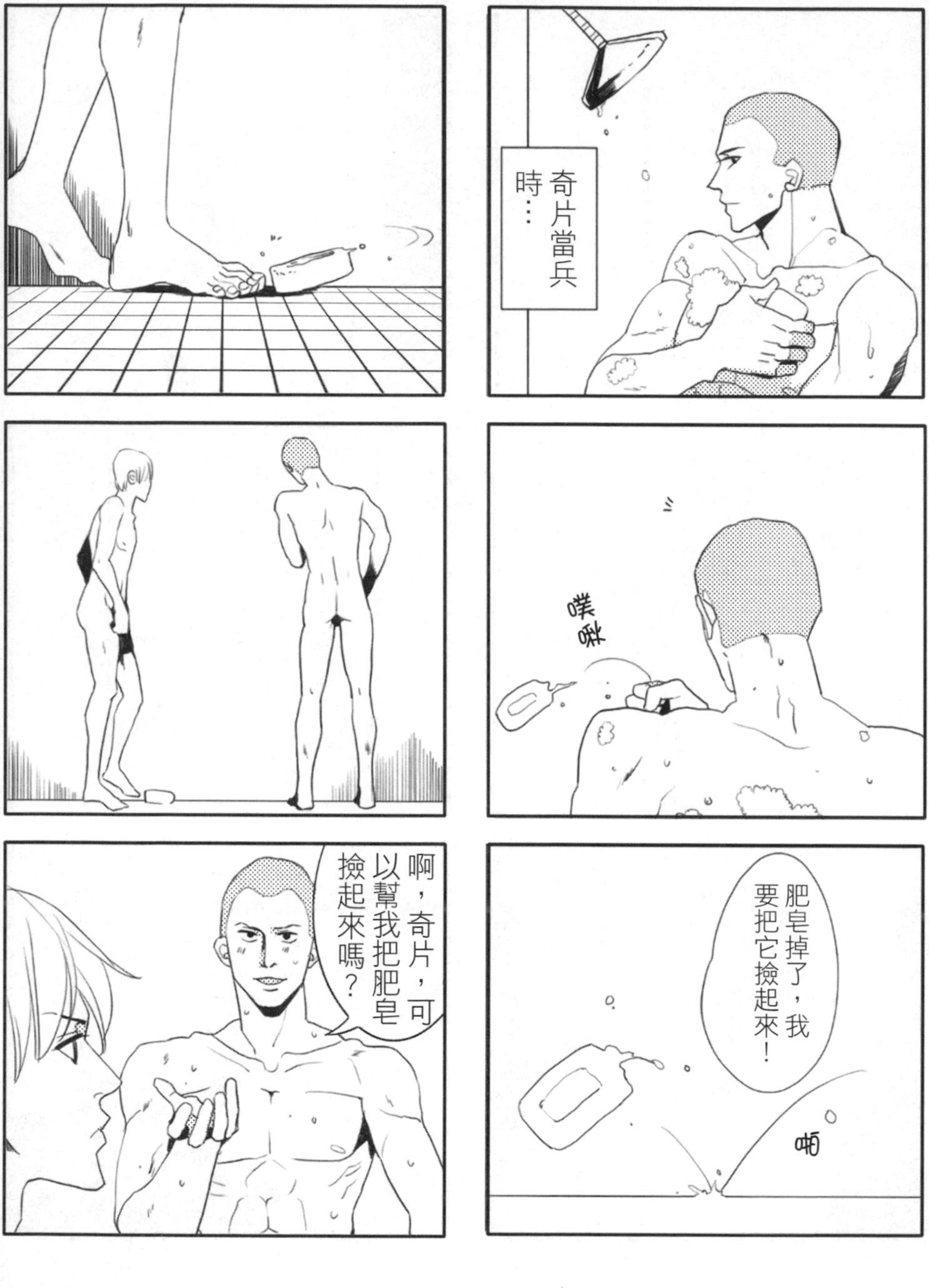
奇片當兵時…
噗啾
肥皂掉了，我要把它撿起來！
啪
啊，奇片，可以幫我把肥皂撿起來嗎？

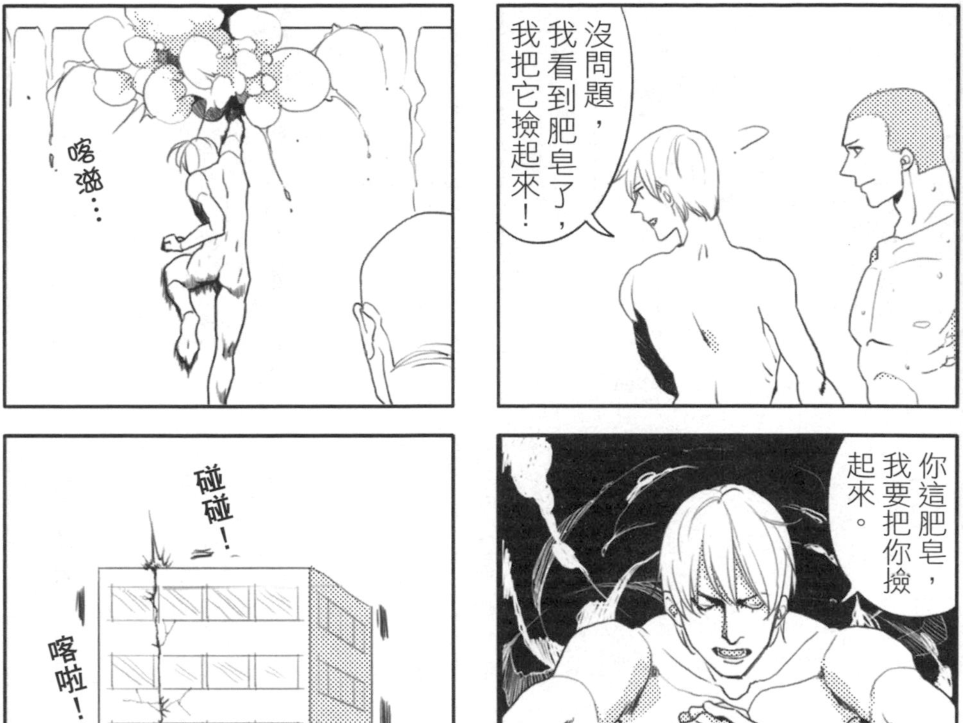
沒問題，我看到肥皂了，我把它撿起來！
你這肥皂，我要把你撿起來。
咻!!
喀滋…
碰碰！
喀啦！
喀啦！
碰!!

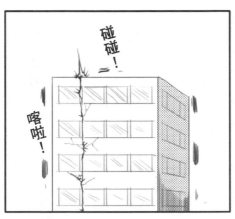

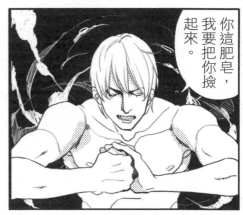

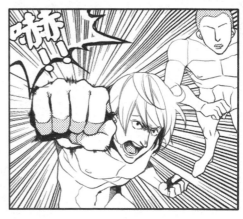

對奇片這樣的男子漢而言，
撿肥皂這種行為只是證明他的力量。
你的肥皂！
謝了！

—搭公車—

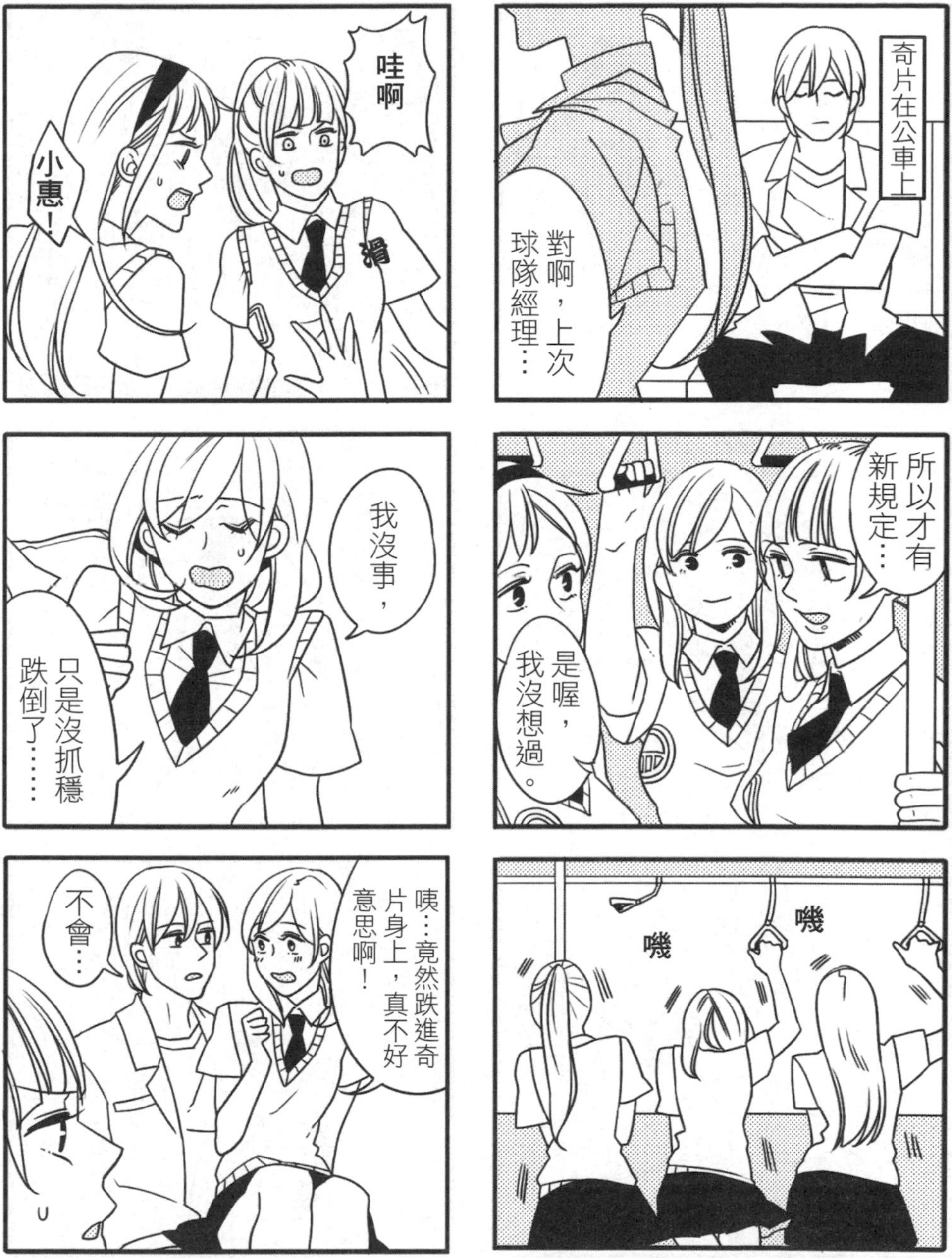

奇片在公車上
對啊，上次球隊經理…
所以才有新規定…
是喔，我沒想過。
嘰
嘰
小惠！
哇啊
滑
我沒事，
只是沒抓穩跌倒了……
咦…竟然跌進奇片身上，真不好意思啊！
不會…

你會跌倒的話，我們兩個把你抓牢。
別讓奇片吃你豆腐。
抓緊
抓緊
咦？又煞車了！
把小惠抓緊！
咦…小惠呢？怎麼我們…
不好意思…剛才煞車太急了，
所以我又跌在奇片身上了…

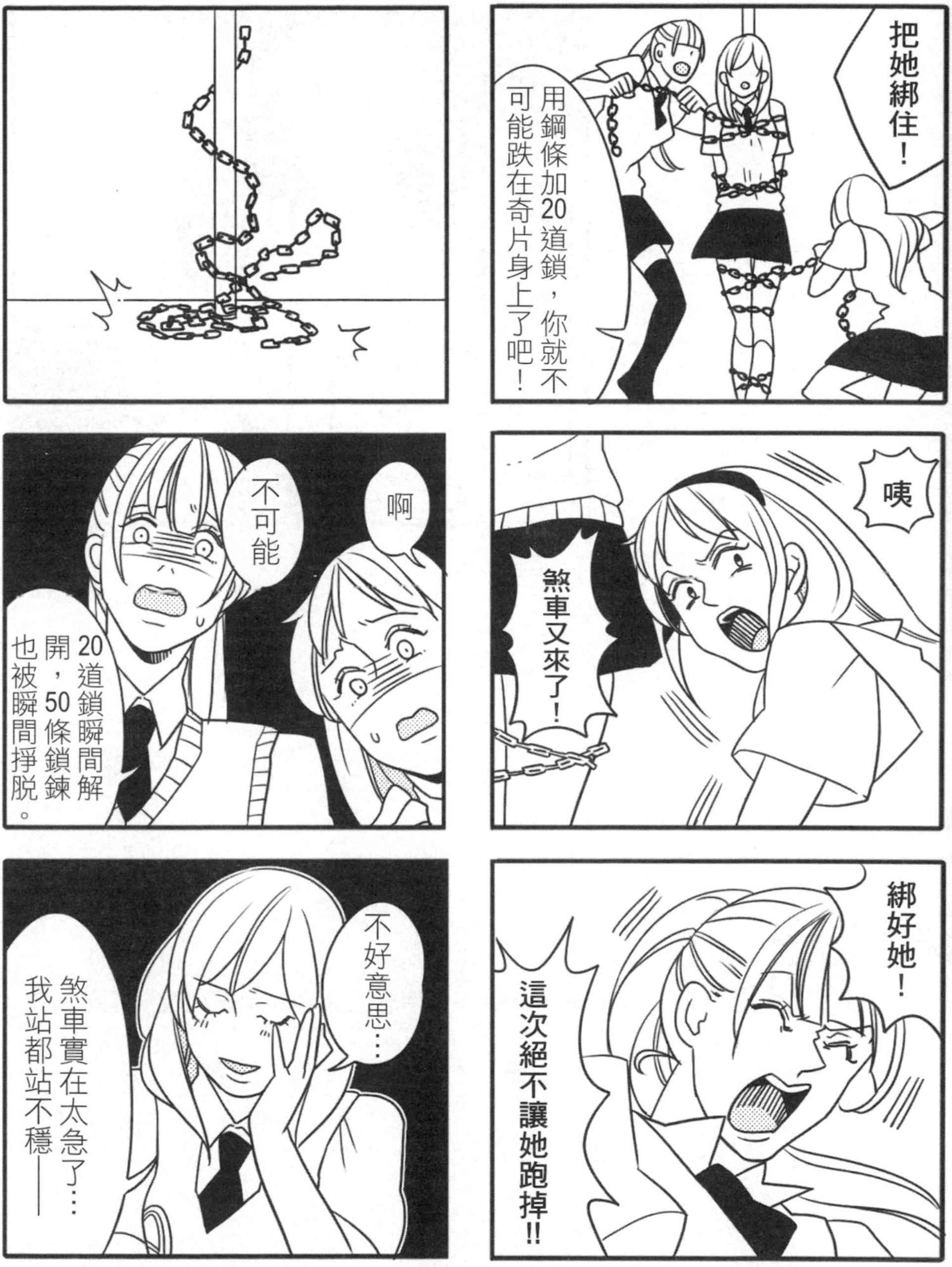
把她綁住！
用鋼條加20道鎖，你就不可能跌在奇片身上了吧！
咦
煞車又來了！
啊
不可能
20道鎖瞬間解開，50條鎖鍊也被瞬間掙脫。
綁好她！
這次絕不讓她跑掉!!
不好意思……
煞車實在太急了……
我站都站不穩——

網友神吐槽

Victor Walter：奇片想很久了，但是終究只是夢。

顏嘉宏：我得了一種只要煞車...就會跌到奇片身上的怪病!!!(羞

中二蘭克熊：自肥專案辦理

寶藏獵人：這麼可愛一定是男孩子！

第二章
奇片小褲褲

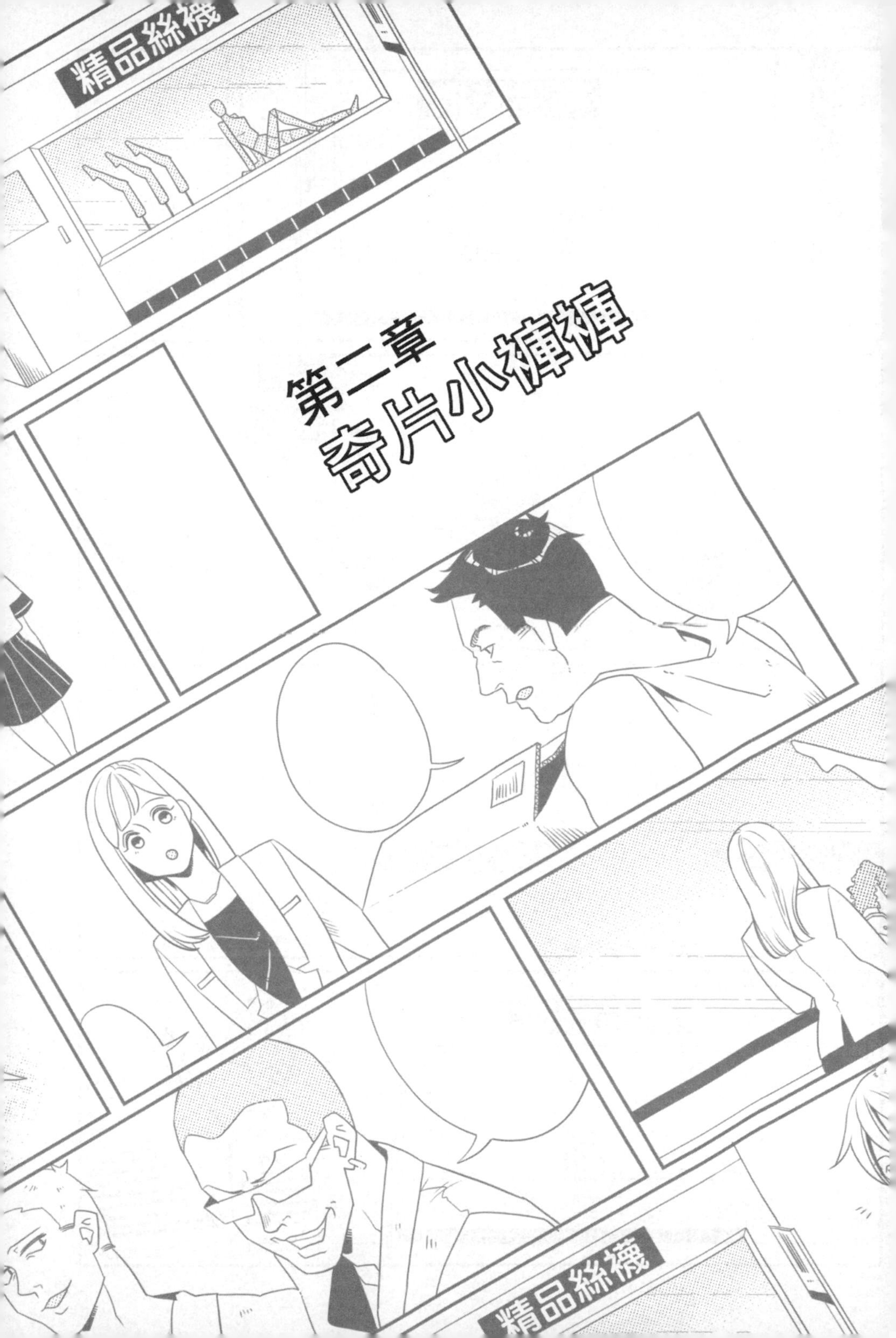

精品絲襪
絲襪
這是新一季的絲襪，
趕快給櫥窗模特兒換絲襪。
好的。
精品絲襪

喔！正妹當街穿絲襪——
而且她的腿好修長！
呼呼……好性感，好性感！

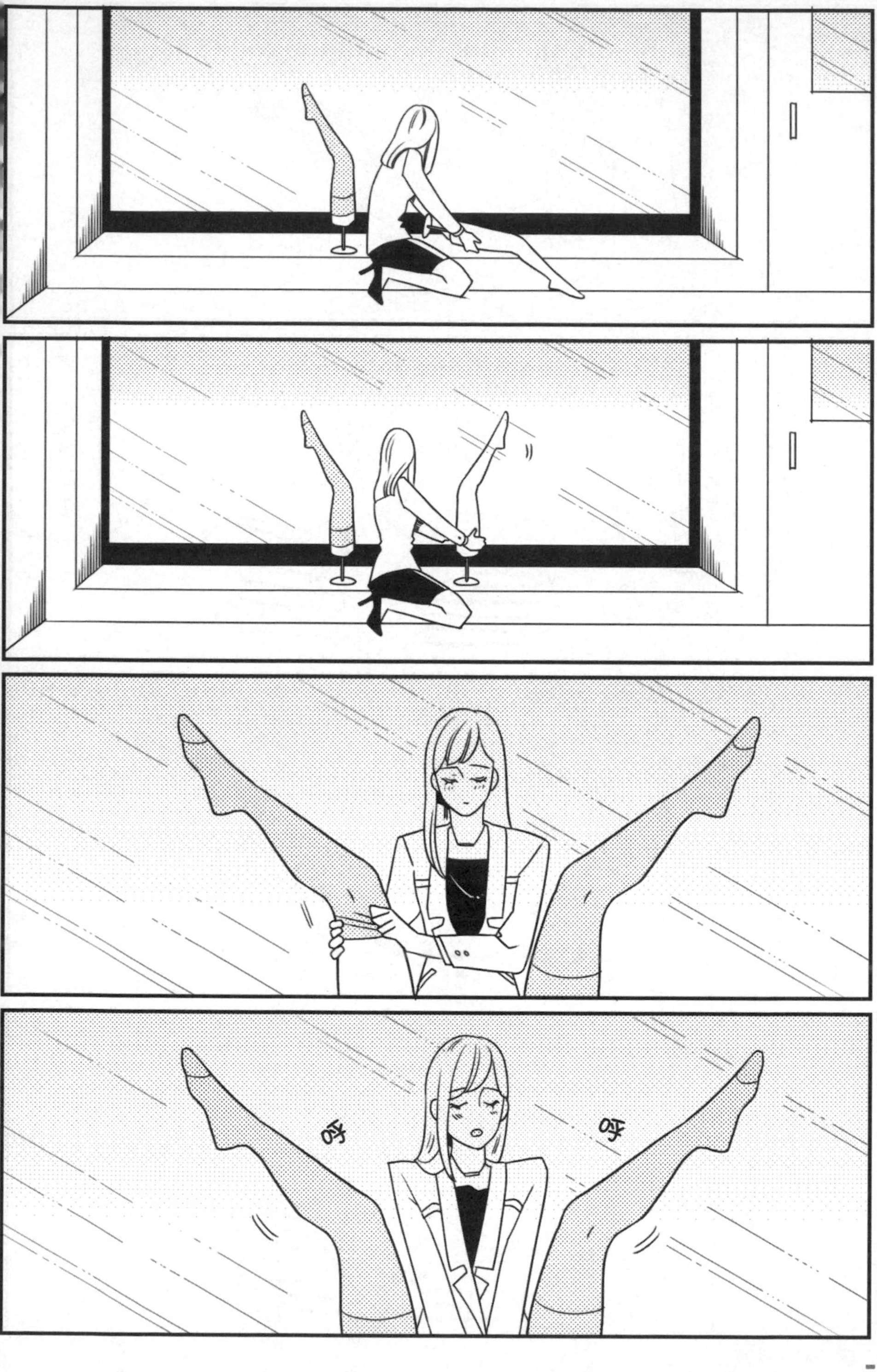
呼
呼

喔喔！
這個姿勢是在勾引我嗎？
你在看什麼？
叫你送個東西拖這麼久！
老闆。
下面交給我整理，你去櫃檯幫忙。
好的。
有這麼好康竟然私吞？
太過分囉！

精品絲襪
我也要看長腿正妹……嘻嘻！
呼
呼

作者想畫的東西

奇片創作這麼久，
卻都不是畫自己想畫的東西。

我想畫A漫，
請不喜歡的人勿入。

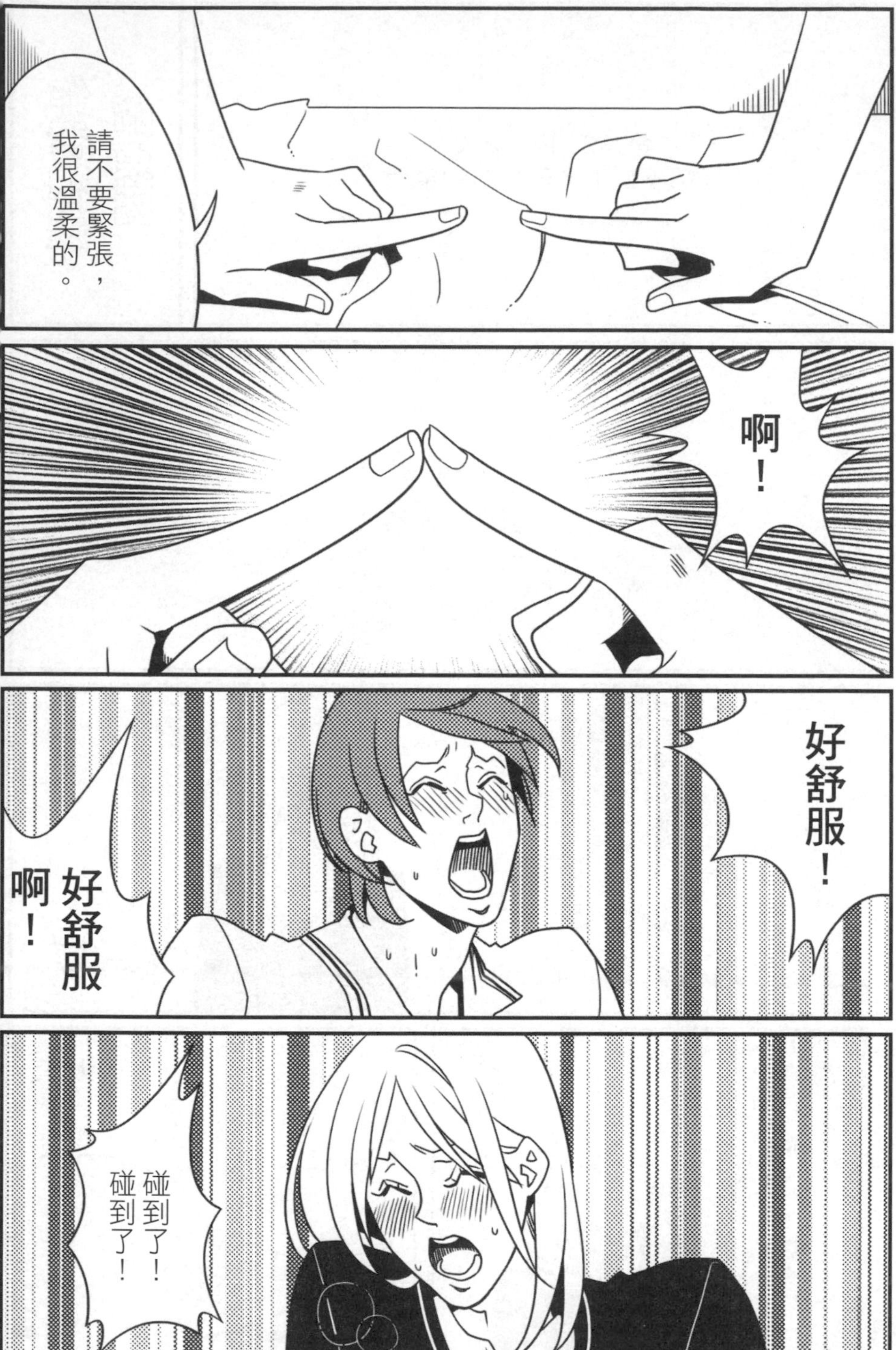
請不要緊張，
我很溫柔的。
啊！
好舒服！
好舒服
啊！
碰到了！
碰到了！

啊啊啊！
啪
呼哈…
呼呼…
呼…
很舒服呢…

太好了！
交往了五年，終於碰到她的手，再久一點，就可以牽手了吧！

以上是我對A漫的定義，
也許是我太清純了吧！

網友神吐槽

眼鏡：這絕對要告！居然刊登這種A圖！

中毒的村民A：清純也該有個限度啊！(你怎麼一附失望的表情?)
奇片大就像是認為牽手就會懷孕的那種人= =

Ericrulala：我似乎很早就突破了奇片大A的境界，現在覺得我好糟糕

搭訕
喔，來了來了！
雙馬尾萌──
水汪汪的無辜眼神，
嘿嘿嘿～這小妹妹是我的菜！
你在說什麼，她是我的獵物。
你覺得要怎麼搭訕她？
這簡單，故意丟出問題，

當女孩回答你的問題，
就算之後發現被搭訕，她也沒機會拒絕了。
那我先下手囉！
你玩完再給我！
等等，小姐！
我要問你個問題！
問君子德性。

君子好德，不亦樂乎，
餐未夙食，盡信矣。
受教受教！
換我來——
問品行。

師吾之長，補吾之短。
三人必有師，可謂好學矣。
弟子受教。
免禮。
我們終於問到了品德的真諦，真是收穫不淺！
我就說她很博學吧！

內褲
老公，我內褲鬆了，你幫我買內褲。
我又不知道你屁股多大。
大概跟你的頭一樣大吧！
我的頭……我知道了。
內衣褲特價

好像有點鬆。
我真的不是變態啊！
警察局

酒吧
先生，你願意請我一杯酒嗎？
咦？
酒保，再一杯酒。
真體貼呢！
啊～酒裡有我最愛的櫻桃呢！

嗯……
好好吃喔！
啊，櫻桃掉進我胸部了啦！
先生，你剛才在偷看嗎？
沒有……我才沒有！
偷看是不好的喔！

不好意思，我去一下廁所。
總是可以吃喝醉的人豆腐！
我太愛來酒吧了！
男廁
男廁

原來他是男人啊！
衛生棉
人家那個來了，已經很煩了，
結果還被男人吃豆腐——
女廁
討厭～

啪
達
女
廁

—博愛座—

盯——
年紀大了，站久了腳好痠。
啊，挪動了！太好了，年輕人要讓位給我坐了！
博愛座
呼…呼…
好想坐，坐一下就好了…嘿嘿…
可惡，想坐！

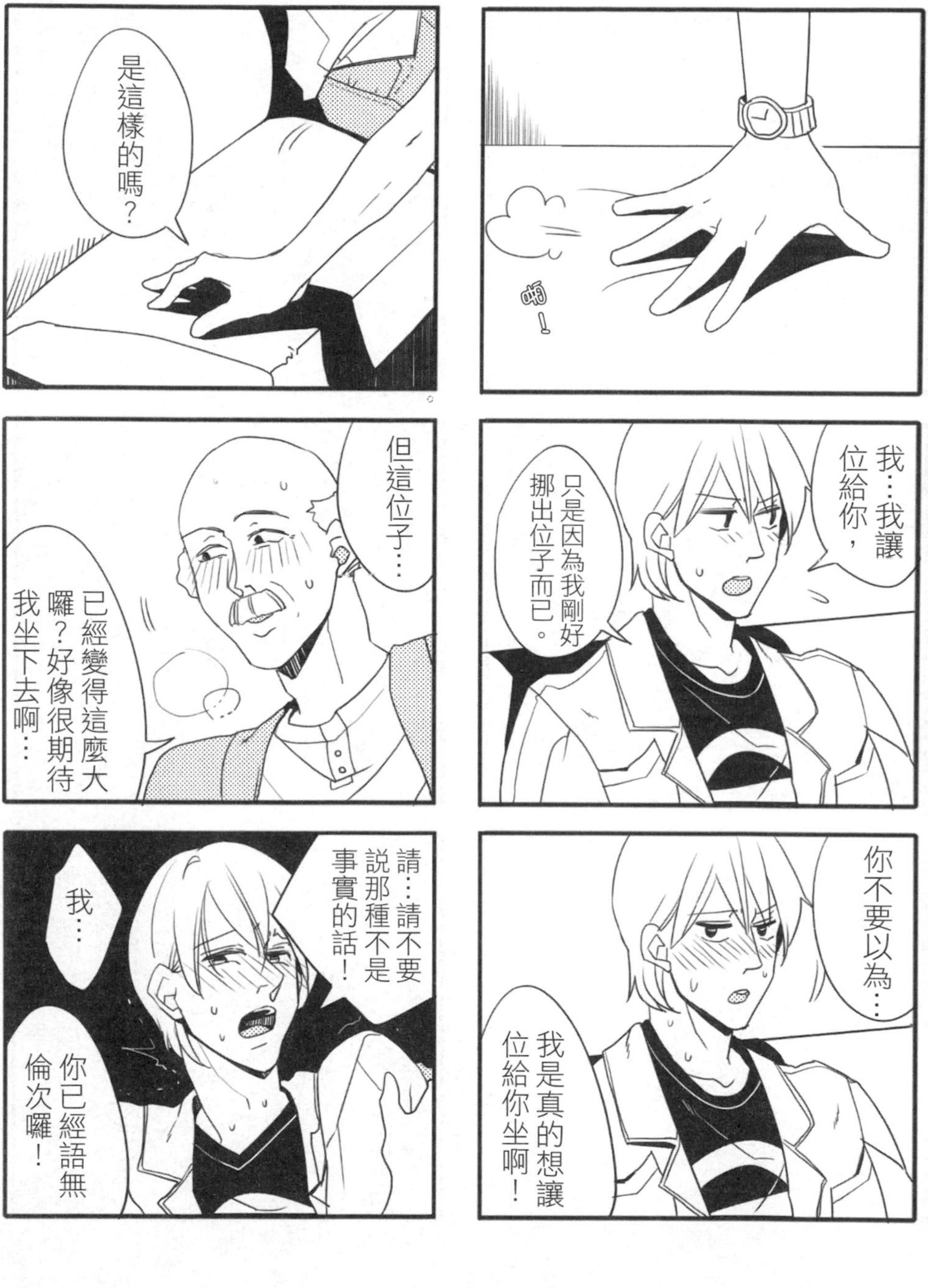
啪！
是這樣的嗎？
我…我讓位給你，
只是因為我剛好挪出位子而已。
但這位子…
已經變得這麼大囉？好像很期待我坐下去啊…
你不要以為…
我是真的想讓位給你坐啊！
請…請不要說那種不是事實的話！
我…
你已經語無倫次囉！

你如果不想我坐下的話，
我就在旁邊用屁股磨蹭，但是偏不坐下去喔…
刑警先生，電車痴漢就是那兩個人，他們一直說著很猥褻的話。
我瞭解了！
這…這樣太狡猾了！
啊啊！
咕啾
咕啾
是藍島教壞我們的！
對！藍島正藍！
好！我去抓他！
如果想要我坐下去，就說「請把你的大屁股，放在我的椅子上！」吧！
那…那種不知羞恥的話…

第三章
奇片與他的好朋友

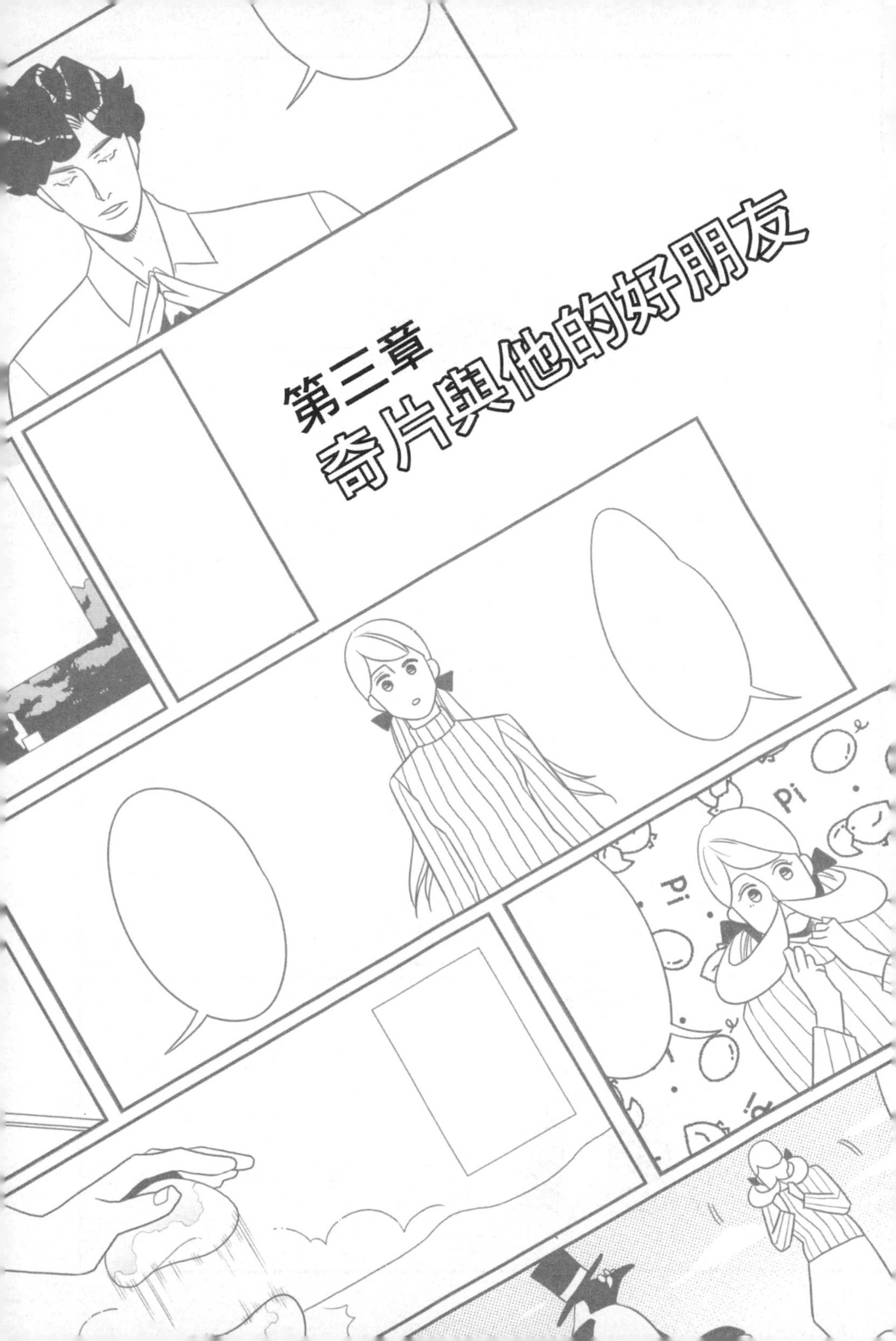

神燈
你好，我要給你三個願望。
我的願望是「我要給你，精靈，三個願望」。
可以，你用了一個願望，
我現在要給你兩個願望。

你的「要給我兩個願望」成真，
你還有兩個願望。
等等，我給你兩個願望是本來我要給你的願望，
而不是我給你，讓我有三個願望的願望。
不對，因為我可以給你三個願望，你的願望是給我兩個願望，所以我共有4個願望。
讀者還搞得清楚吧？
看來挺強的嘛，再來進階囉！

我的願望是要你沒有願望。
我如果沒有願望，則你的願望就不能實現，
也就是我無法讓自己沒有願望。
這是你第一個願望成立的條件下給你「給我的三個願望」，
但是「你沒願望」就是你給我的第二個願望。
你若沒給我願望，我第二個…
編不下去了！
作者我也搞混了！

神探夏羅克
叩叩。
偵探先生，請幫幫我！
坐下吧，家教小姐。
您的鵝走丟，其實你能在下午找到牠。
欸欸欸？
你……你認識我嗎？你怎麼知道我是家教，正要為鵝走丟的事來找你？

觀察和推理，小姐。
其實世界上99%的事實我都能推理出來……
首先，你的頭髮是綁起來的，
這代表什麼呢？
這代表你會把頭髮假裝成鬍子，扮「鬍子佬」。
我是鬍子佬嘿嘿——
Pi
一個女子為什麼要扮成鬍子佬呢？想必是想扮紳士吧！
目的就是為了接近像紳士一樣的企鵝。

是……目前一切都很有邏輯，
但紳士和家教有什麼連結呢？
紳士和家教，都不會喝咖啡加醬油啊…
這…果然是很明顯的推論…
這樣從我頭髮推理到我是家教的過程，變得相當合理了。
但我不信！
你怎麼知道我的鵝掉了呢？

你小指上的指環。
你小指上有指環，
推論到你喜歡圓圈，再從這點，我猜測你愛吃甜甜圈。
很大膽的假設，不過完全正確。
你再想想，三個甜甜圈放在一起看起來像什麼？
是米老鼠吧，這是再合理不過的解釋。
的確是如此……

因為米老鼠的好友是唐老鴨，
鴨子和鵝很像，你於是推論我的鵝走丟了吧……
答案揭曉後，你還覺得不可思議嗎？
是很簡單，但我當時沒想到。
不，從你我都看得見的事物，推論出沒人知道的秘密，
這只有神探才做得到……

賣火柴的小女孩
有沒有人要買火柴啊？
好冷喔…
都沒有人要買火柴
嚓…
嚓…
用火柴來取暖吧！
不要點啊！
這裡點火會爆炸的！

XX石油
嚴禁菸火
好想吃大餐喔……
嚓
別、別衝動！我們馬上去買！
志龍快買給她！
是！

都給你了。
可以把火柴交給叔叔嗎？我來保管……
好想要有好多禮物喔……
嚓嚓

臭小鬼……不……
我們馬上買好多玩具和禮物給你唷！
好想去找已經離開的奶奶喔……
嚓……

志龍！把公司的股權分給她吧！
你現在擁有石油業十趴的股權了！
請簽約！
這就是賣火柴小女孩變成石油大亨的故事。

矛與盾
來買武器啊
這是世界上最堅固的盾，任何東西都刺不破。
而這是世界上最強的矛，
任何東西都能刺破。
喔，那如果用你什麼都刺得穿的矛⋯
去刺你什麼都刺不破的盾，會發生什麼事？
哈哈哈，這不就「矛盾」了嗎？
哈哈哈

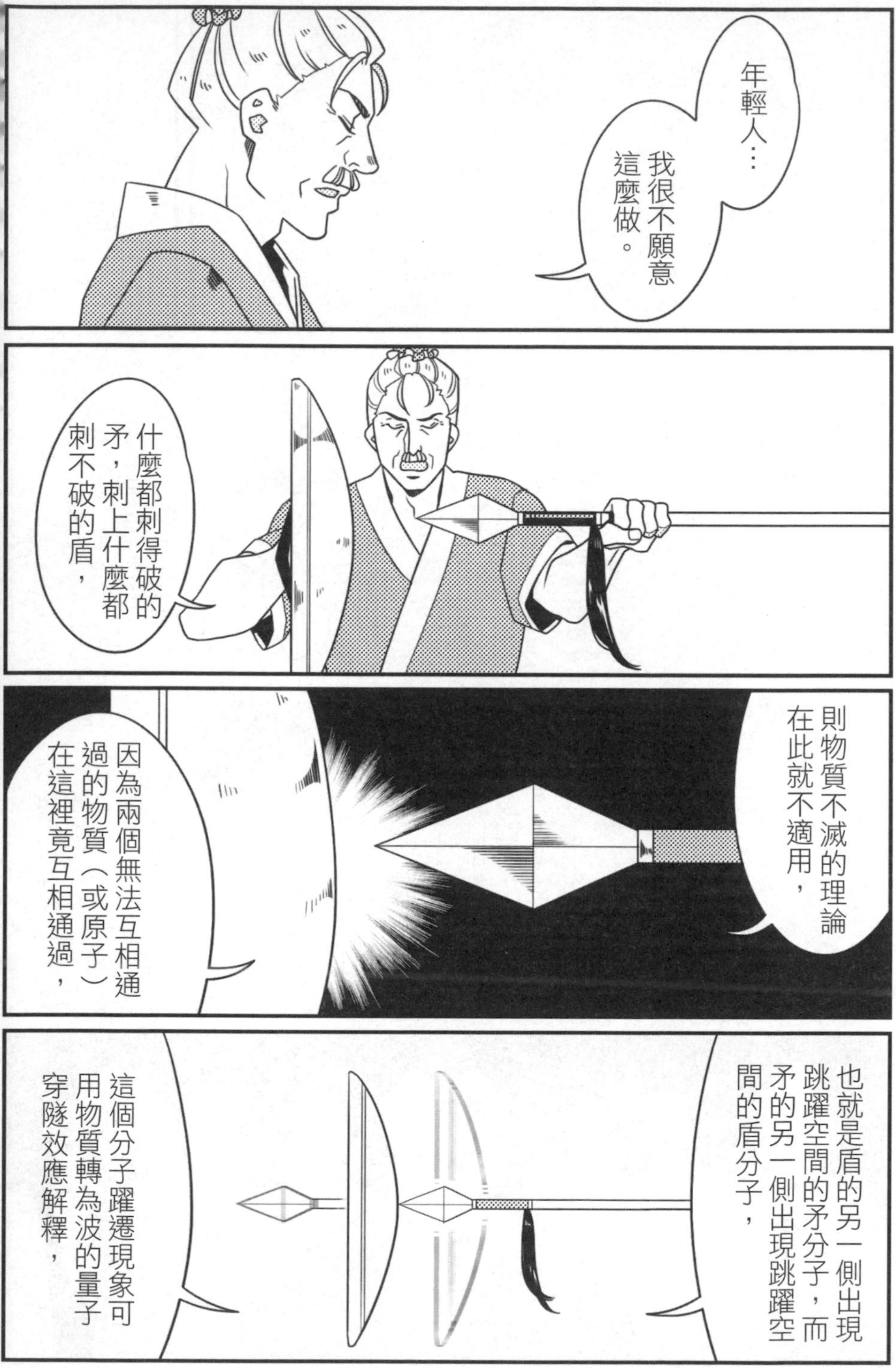

年輕人……
我很不願意這麼做。
什麼都刺得破的矛，刺上什麼都刺不破的盾，
則物質不滅的理論在此就不適用，
因為兩個無法互相通過的物質（或原子）在這裡竟互相通過，
也就是盾的另一側出現跳躍空間的矛分子，而矛的另一側出現跳躍空間的盾分子，
這個分子躍遷現象可用物質轉為波的量子穿隧效應解釋，

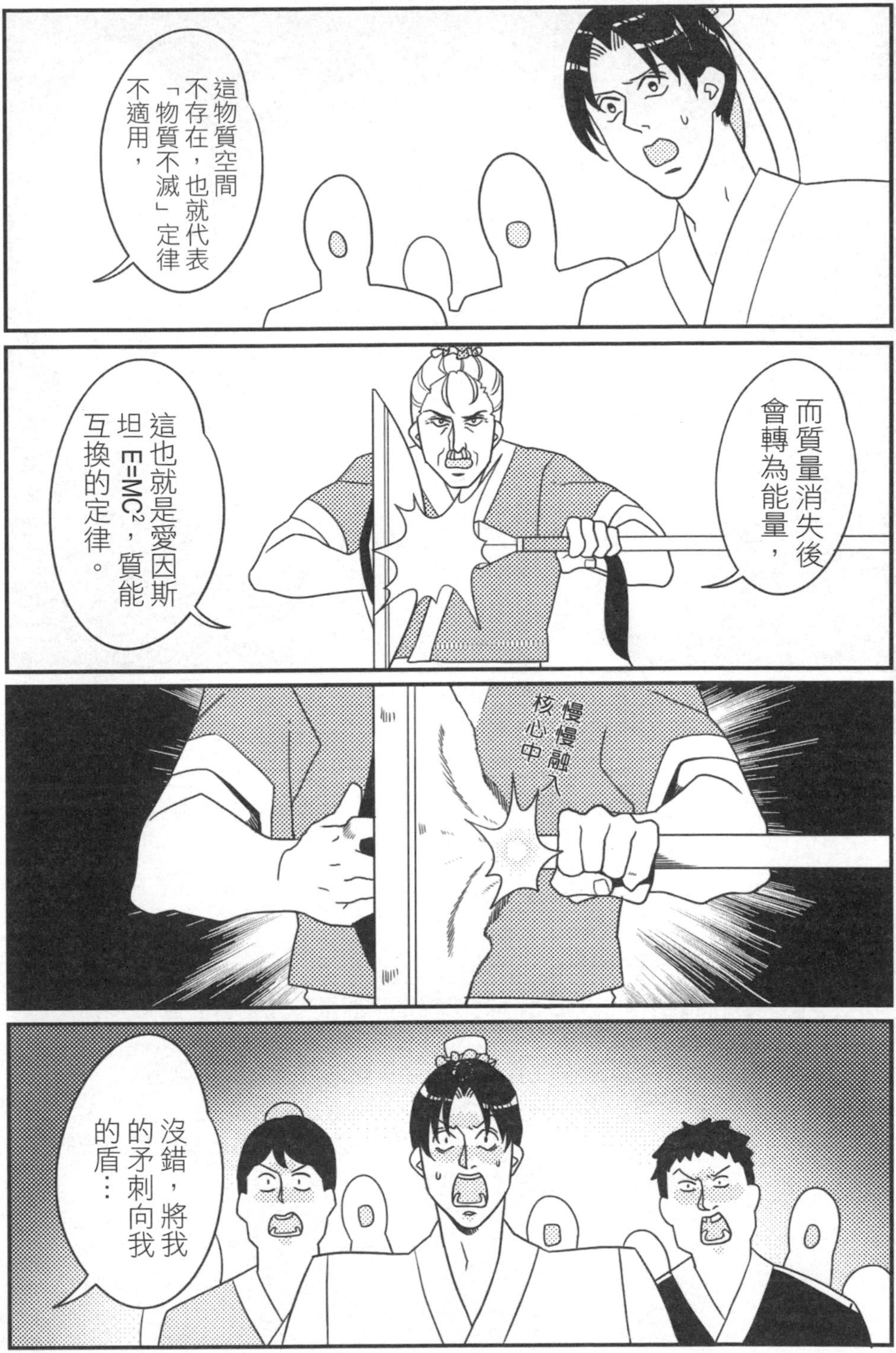
這物質空間不存在，也就代表「物質不滅」定律不適用，
而質量消失後會轉為能量，
這也就是愛因斯坦E=MC²，質能互換的定律。
慢慢融入核心中
沒錯，將我的矛刺向我的盾…

網友神吐槽

まおう：好險我是物理系，完全看的懂。

鬼鬼未知：他手可以撐得住我們現在都不知道拿啥裝的核融合原子團，想也知道未來來的！

東方院饅頭：瞎扯蛋的最高境界？

利瓦亞桑：我發現我的IQ翻了一倍有。

白雪公主
從前從前，國王和王后生了一個可愛的女娃娃。
國王和王后非常疼愛這個小寶寶，將她取名叫「白雪」，但王后不久就去世了。
白雪長大後，國王又娶了一個後母，但後母卻非常忌妒白雪公主的美。
後母有一面魔鏡，她最愛問魔鏡「誰是世界上最漂亮的女人？」然後魔鏡便會回答「是你」。

直到有一天，魔鏡卻回答「王后，這世界上最美麗的人已經不是你了，而是……」
國王。
什麼？
王后！
王后，我的愛人！
吃早餐啦！

臭國王！
居然搶我的最美麗王位！我要處罰你！
啊！
推倒
女…
女王…
叫女王!!
啪
啊！

很大膽嘛，居然跟我搶？
女、女王…不要！
白雪，這招是讓男人聽話的招式。
記住了嗎？
點頭
從此，一家人過著幸福快樂的日子。

書豪與肉圓
書豪父母為彰化人，小時後他常到彰化玩，他會打籃球是受到彰化肉圓的啟發。
彰化肉圓
好，這顆肉圓要開始裹太白粉了！
太白粉
利用拍打的方式可以增加肉圓外皮的口感，
肉圓很Q可以彈起
快速地拍打也能均勻裹粉。
好，接下來裹好粉的肉圓要下油鍋了。
油鍋

不給你下！
原來是隔壁賣肉圓的想阻止老闆做肉圓，
這種惡性競爭在名店很常見到。
老闆……
加油！

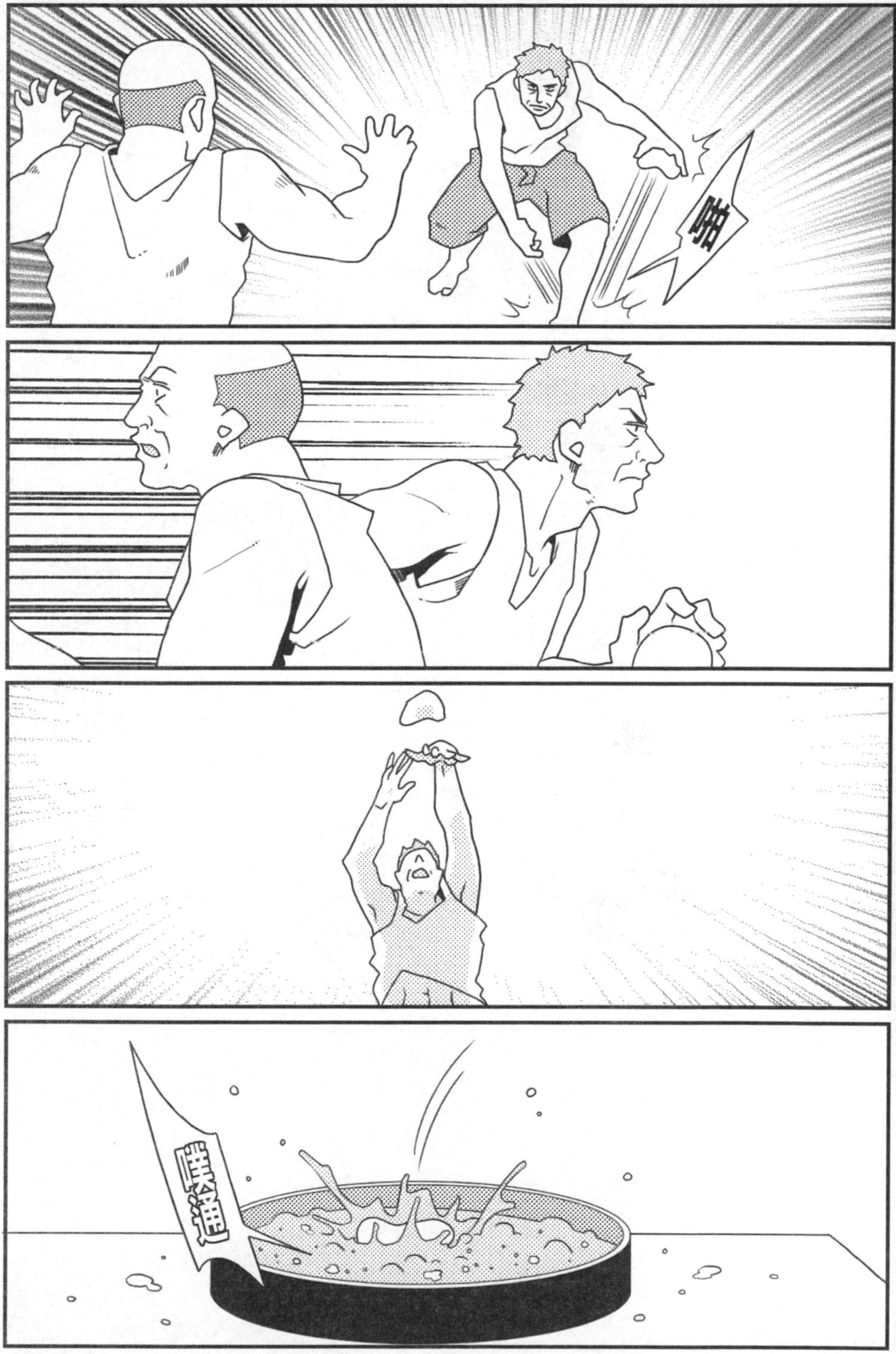
啪
噗通

太好了！
老闆，你可以教我做肉圓嗎？
身子要放低，不然肉圓很容易被抄走！
這就是書豪籃球這麼強的原因。

－放天燈－

天燈又名孔明燈，
是古代用來傳達戰爭消息的連絡方式
於是，有這麼一則故事……
快！我們在隘口守不住了，施放天燈，通知援軍進駐！
好！來吧！
緩緩升空
只要天燈飛過山頭，就能讓援軍看見了…
是敵軍！
你們別妄想了，我將派出我的疾速戰神，追上並毀掉你們的天燈！
去吧！疾速戰神！
毀掉對方的天燈吧！
是噴射裝置！疾速戰神的速度很快就要追上我們的天燈了！

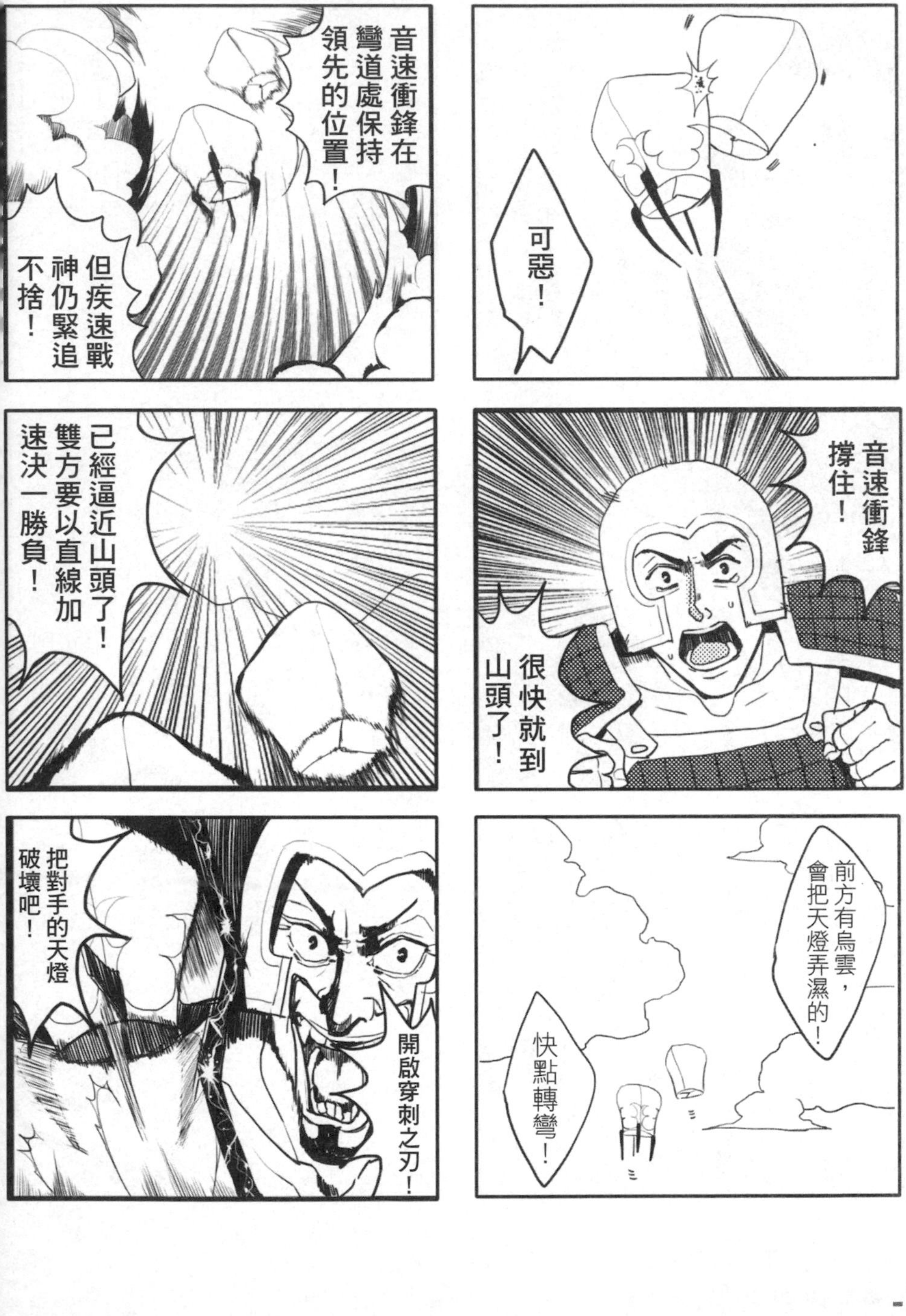
可惡！
音速衝鋒在彎道處保持領先的位置！
但疾速戰神仍緊追不捨！
音速衝鋒撐住！
很快就到山頭了！
已經逼近山頭了！雙方要以直線加速決一勝負！
前方有烏雲，會把天燈弄濕的！
快點轉彎！
開啟穿刺之刃！
把對手的天燈破壞吧！

要被破壞了！
就是現在！
啟動迴旋渦輪！
啪
利用旋轉氣流衝到山頭吧！
援軍基地
是天燈！我們出發吧！
為什麼我的疾速戰神會輸？明明已經做了最好的調整……
將軍！
你是很強的對手，希望有朝一日天下太平無戰事之時，
再和你堂堂正正地對決！

網友神吐槽

kungfu：歡迎踏入奇片的思考領域。

妖姬西打龍：下回!即將面臨新敵人:重力怪物天燈 - 迪奧瑪斯

板橋治克隆尼：你再爆走兄弟甚麼拉！

戰龍：在燃什麼啊！

第四章 奇片內心戲

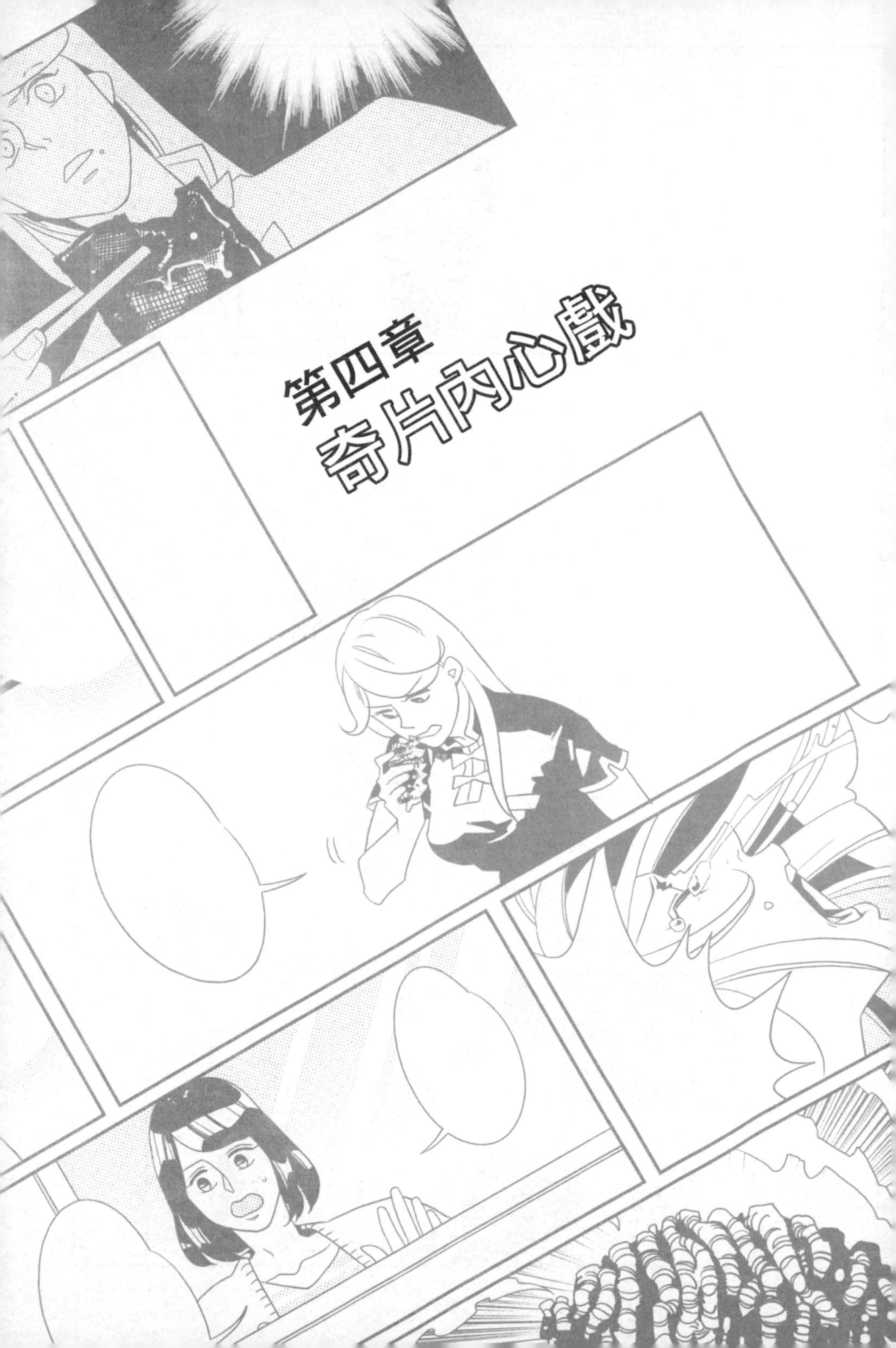

那不能說的故事
我們曾經走過
少爺慢走
童少卿
童氏集團第三代負責人
身價六億，身兼伊林模特兒顧問
少卿！
少卿王子！
同時也是白橋高中的白馬王子
唉……少爺行為也太隨便了些！
玉仔玉仔！王子來了！
不要發癡好不好，明明只是同班同學。

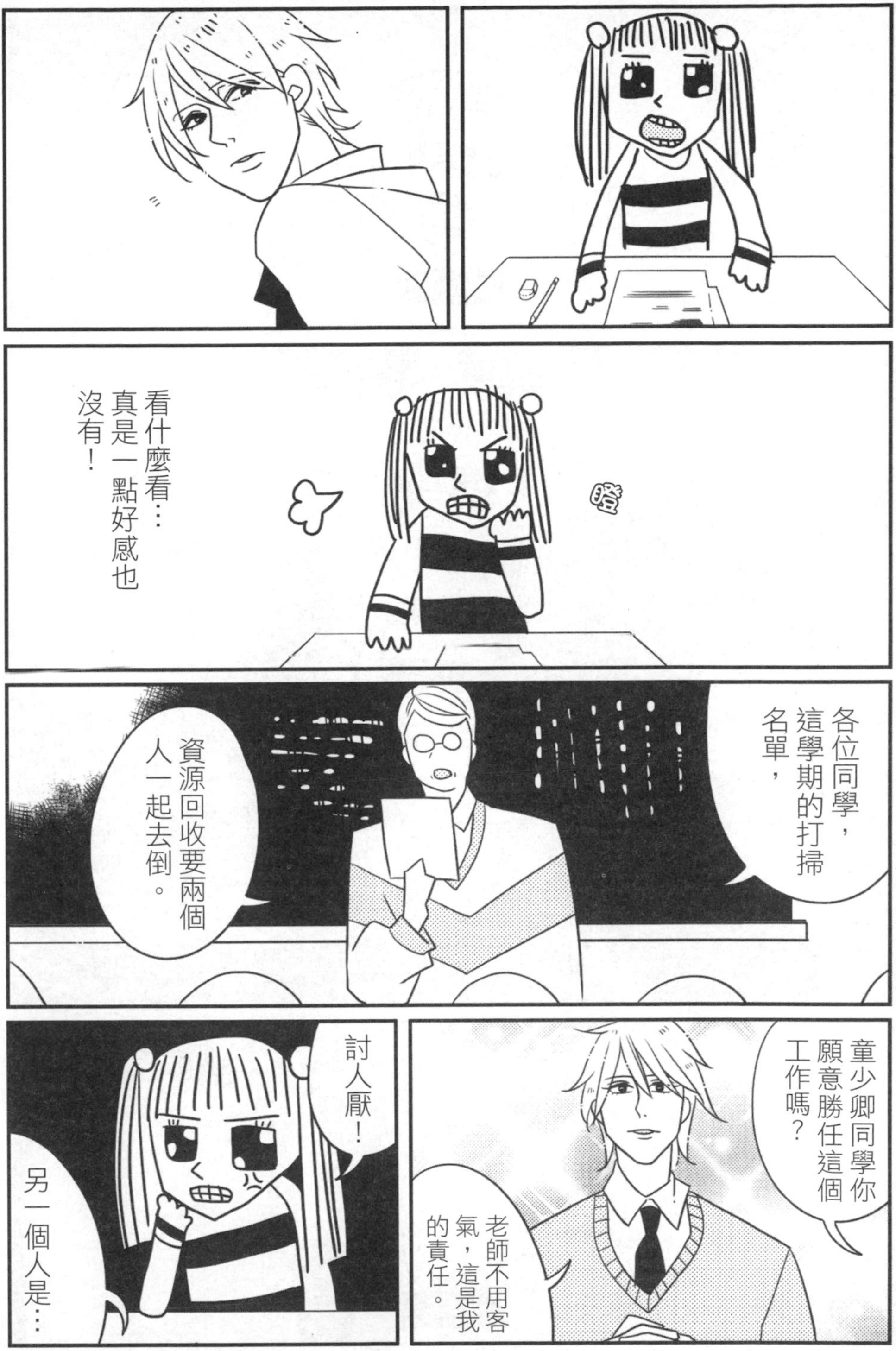
看什麼看…真是一點好感也沒有！
瞪
各位同學，這學期的打掃名單，
資源回收要兩個人一起去倒。
童少卿同學你願意勝任這個工作嗎？
老師不用客氣，這是我的責任。
討人厭！
另一個人是…

林玉仔
為什麼？為什麼要跟這討人厭的傢伙啊！
崩裂
最後還是默默接受

玉仔同學，
怎麼在班上你都這麼低調？
有嗎？
是你太高調了吧！
看到你這麼快樂自在的上學，而且和好朋友打成一片——
我好羨慕——
我常常思考，自由自在…會是什麼感覺呢？
我也不懂怎麼形容自由，
其實…你可以學我呀！
學你？你是說…

像這樣嗎？
變帥了
哈哈哈哈哈
反璞歸真，一切回歸純粹的快樂

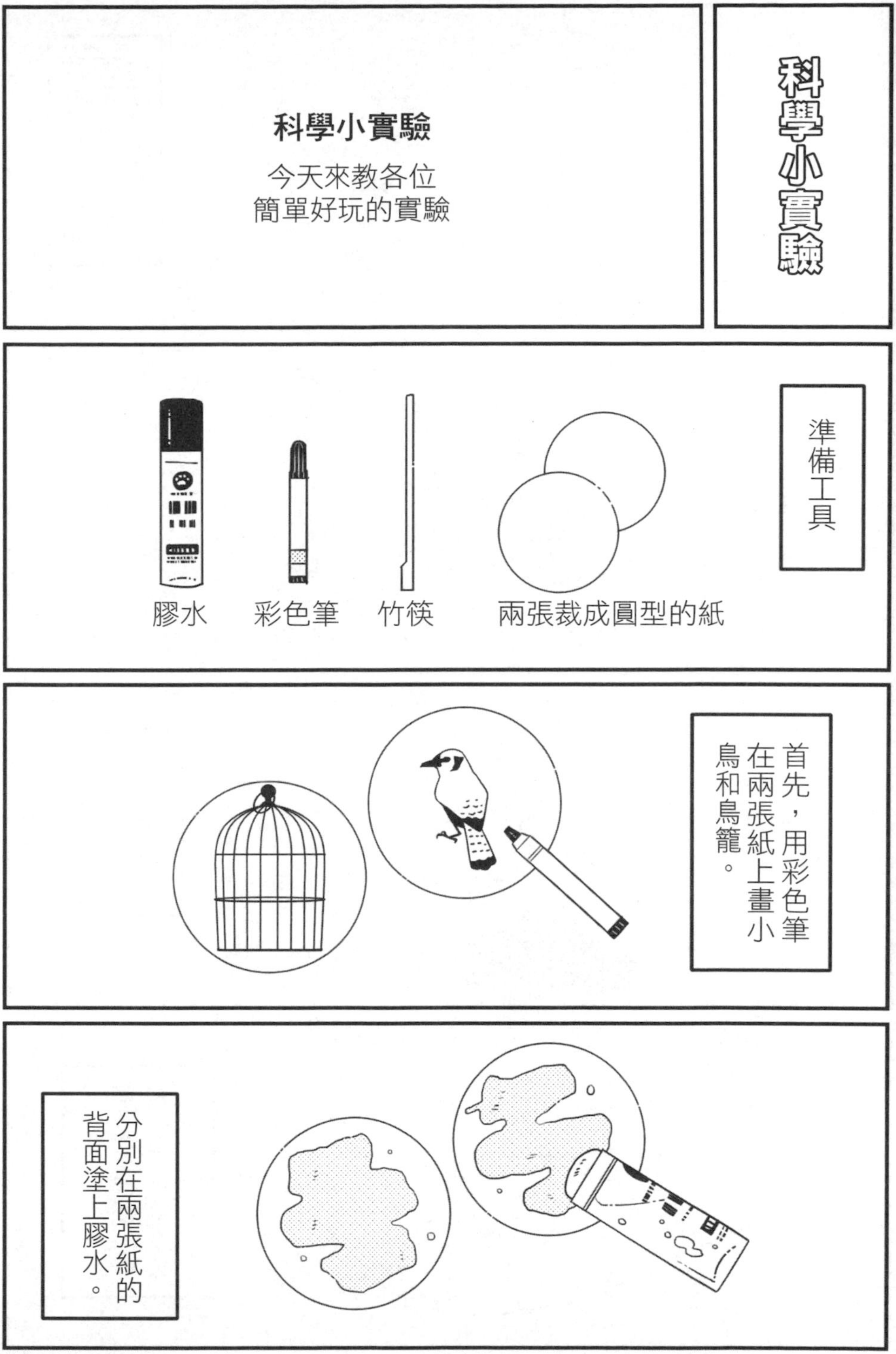
科學小實驗
科學小實驗
今天來教各位
簡單好玩的實驗
準備工具
膠水
彩色筆
竹筷
兩張裁成圓型的紙
首先，用彩色筆在兩張紙上畫小鳥和鳥籠。
分別在兩張紙的背面塗上膠水。

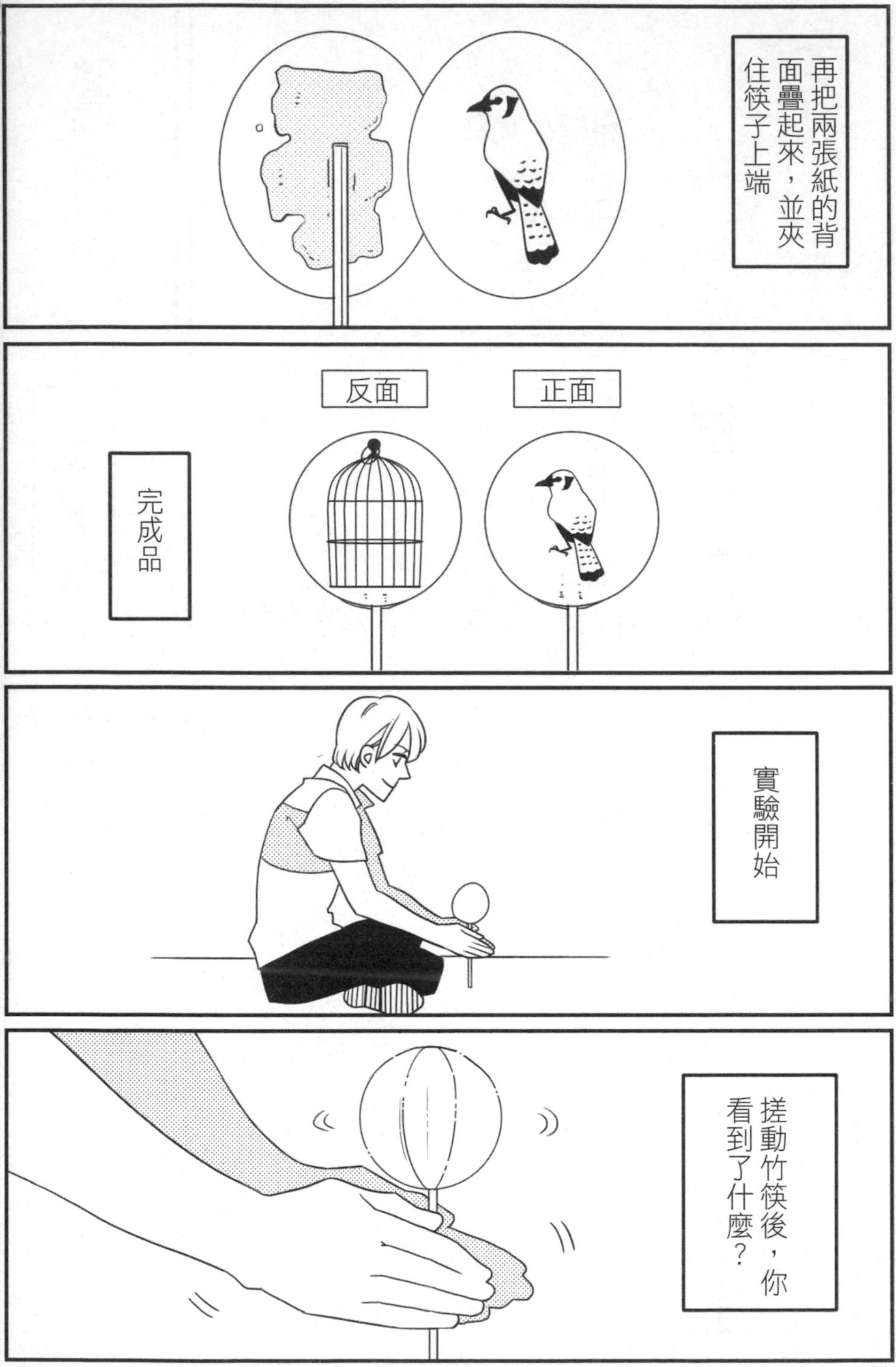

再把兩張紙的背面疊起來，並夾住筷子上端
反面
正面
完成品
實驗開始
搓動竹筷後，你看到了什麼？

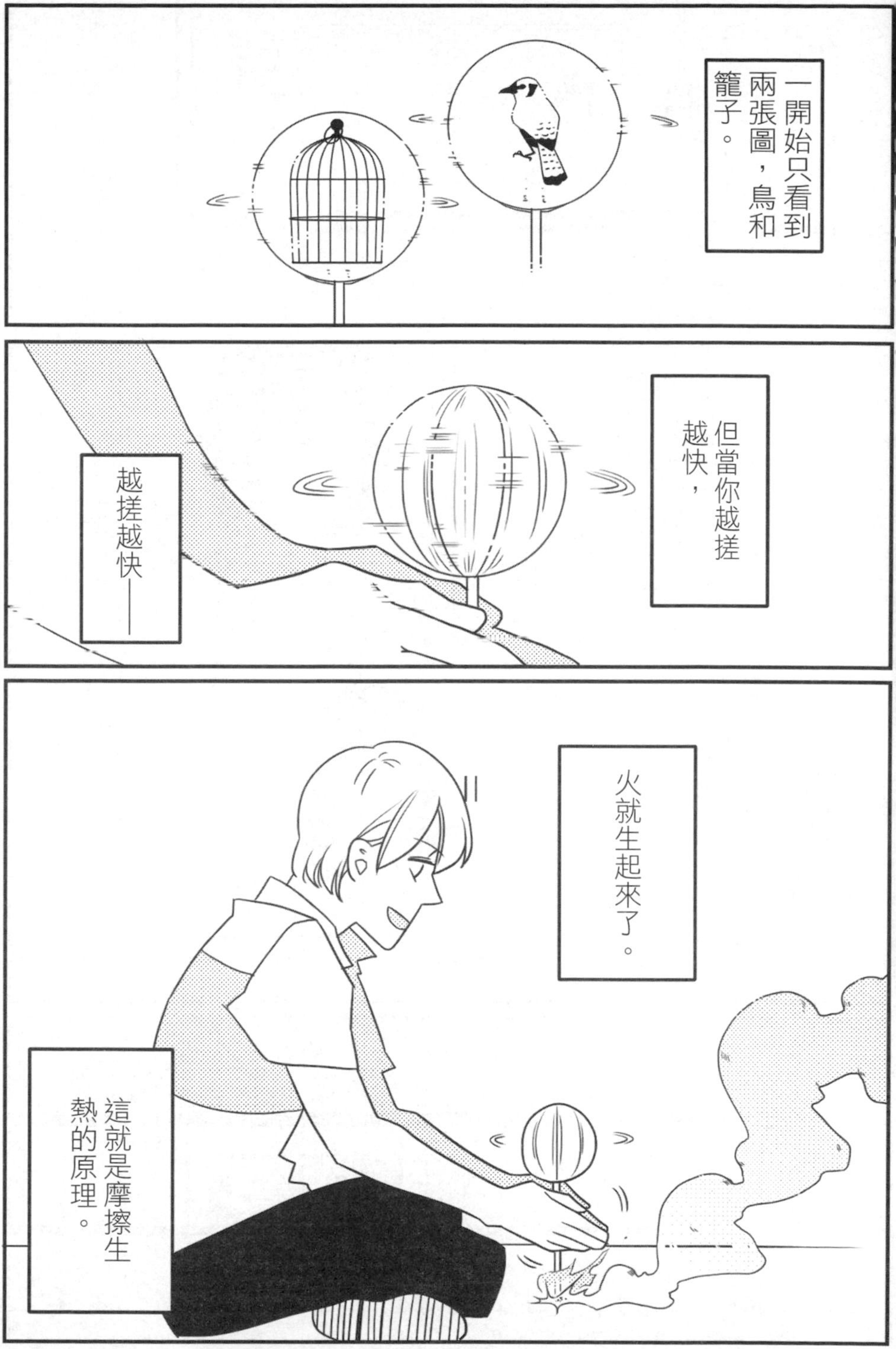
一開始只看到兩張圖，鳥和籠子。
但當你越搓越快，
越搓越快——
火就生起來了。
這就是摩擦生熱的原理。

車站
那年，哥哥送我去大學——
別忘了念書再重要，還是要多交朋友。
因為爸媽生我的氣，沒有來車站送我，
而哥哥也很多話說不出口的樣子。
火車開動了！
喞恰—
我要走了！
喞恰
喞恰

妹妹！
哥？
雖然爸媽反對你離家念大學——
但他們還是捨不得你離開！

注意天氣，覺得太冷就多穿一點！
吹冷氣也要小心別感冒！
哥！
水果要記得現吃！
吃不完放冰箱也別放太久！

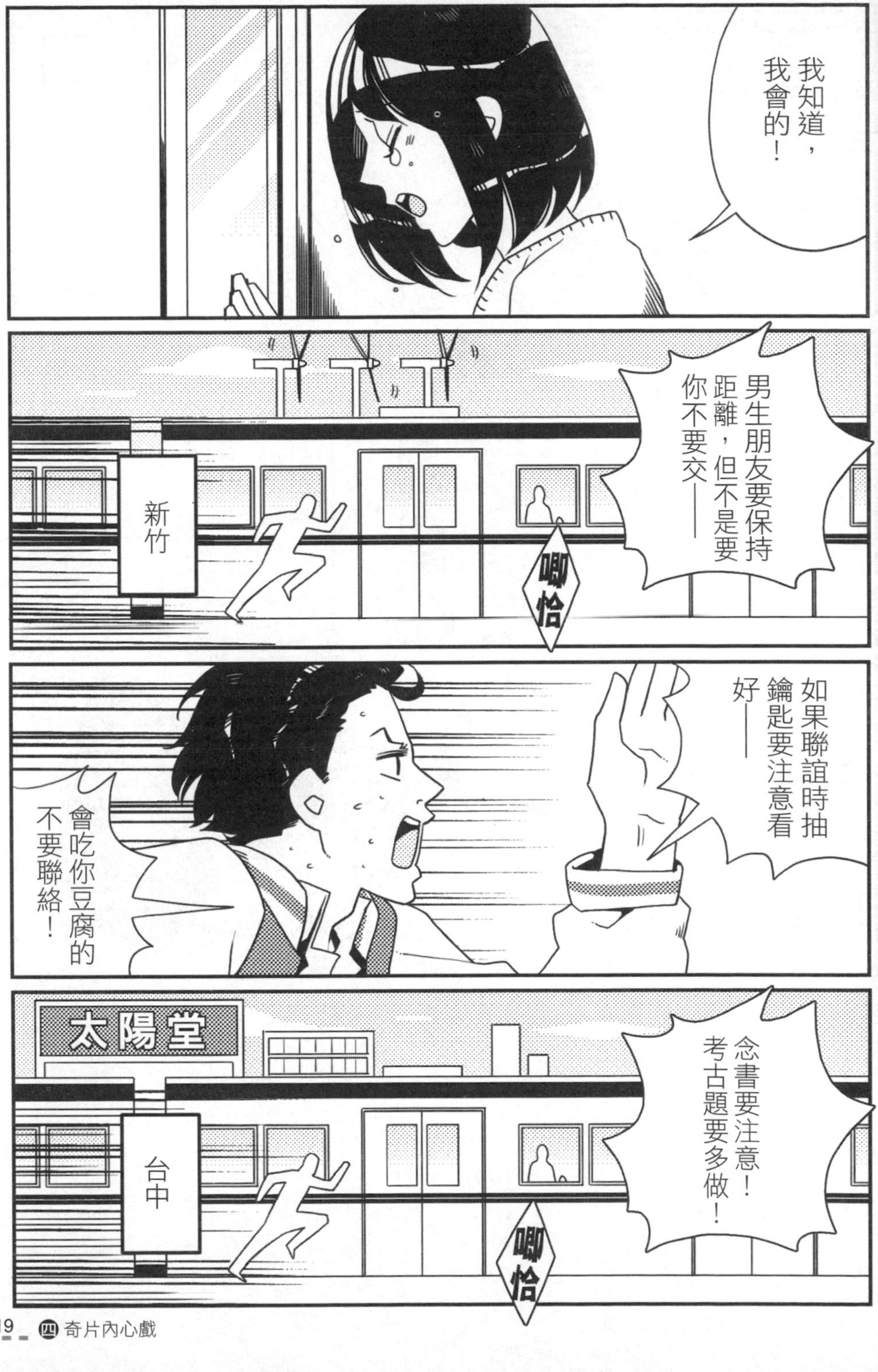
我知道，我會的！
男生朋友要保持距離，但不是要你不要交——
新竹
唧恰
如果聯誼時抽鑰匙要注意看好——
會吃你豆腐的不要聯絡！
太陽堂
念書要注意！考古題要多做！
台中
唧恰

嘉義
騎車要小心自己慢慢騎！
社團展覽要記得去！
台南
到了…
我沒錢坐車回去…
來這裡打工吧！
結果哥哥也在台南定居。

廚王大賽
竟能將如此平凡的食材變成超級美味的食物！
這才是超級廚師能做到的功夫！
我宣布本屆的廚王是……
慢著！
請先嚐嚐我們MAX的料理再下評論。
我不相信有什麼能比把平凡食材做成美食更強的了……

菜瓜布
不銹鋼刷
炒飯
混帳！你連做一個廚師的資格都沒有！
竟把洗碗用的刷子掉進給客人吃的東西裡！
我不同意。
任何餐廳都有洗碗的人把刷子或菜瓜布掉進鍋子裡的情形發生。
而且很多時候，主廚也沒注意到，
所以這種情況下……

能把菜瓜布和不銹鋼刷變成美食，
才是世界上最強的廚師！
我竟然在吃菜瓜布啊…這東西能吃嗎？
不會噎死我吧！
喀滋
這…

利用溫火燉爛菜瓜布纖維，不但軟嫩且融口……
原本上面的肥皂味竟然和糖醋醬意外的搭……
我不信不銹鋼刷也能料理！
好吃！
好吃！
太好吃啦！
利用金屬容易傳熱的特性，和鋼毛刷的多孔透氣性，
將雞湯的鮮味和飽足感完全鎖在刷子裡。

我懂了，將菜瓜布、肥皂掉入鍋子裡並不可恥，
真正的廚王是有把非食物煮成食物的能耐！
本屆廚王！MAX的菜瓜布雞丁炒飯！

職位
開會時，老闆放了一個屁。
噗
老闆
本季的營業額…
……
職員A
老闆放的屁好香啊！
有一種領導出場的氣勢！
呵呵！
有嗎？
職員B

老闆的屁有一種清甜的氣味，
好像回歸大自然一樣舒暢。
這股屁，讓我沉浸在童年——
迷失在螢火蟲迷宮的純真。
老闆！再多放點屁啊！
您的屁是我的氧氣！我不能沒有您！
總裁
進度討論好了嗎？
媽的，是誰放這種狗屎屁？

網友神吐槽

小志：放屁是在清甜什麼啦！！

我要下班：我想念你的好～你手指淡淡屁屁味道～
記憶中曾被愛的味～道

本盧爺是蚵仔：狗屁老闆

孩子的教育
孩子的責任心，應該從小就培育出來。
這是一個真實故事——
在一所小學裡，有著完全不同做事態度的兩位學生，
學生甲在打掃時間很認真地打掃廁所。
學生乙被分到相同工作，
卻偷懶沒去打掃。
打掃這種小事，看似無關緊要，
卻在此時培育了個人的責任、榮譽與敬業感。

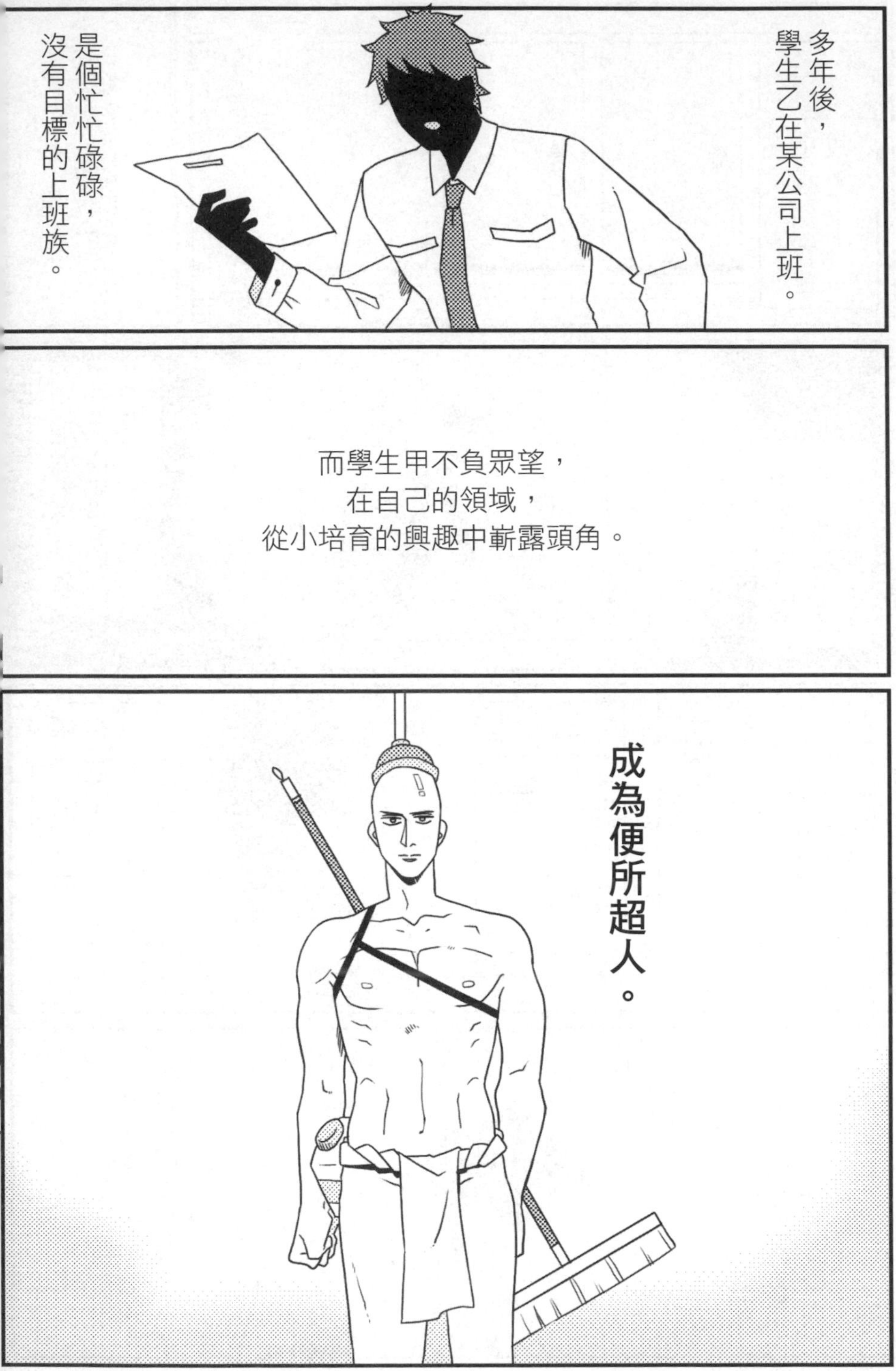
多年後，學生乙在某公司上班。
是個忙忙碌碌，沒有目標的上班族。
而學生甲不負眾望，
在自己的領域，
從小培育的興趣中嶄露頭角。
成為便所超人。

小倫
從小
小倫，你幹嘛斜眼看人？
我都是斜眼看人的。
小六時
你兒子的角膜可能是變位異常，所以只能斜眼看人。
國三
有誰知道答案？
因為視角的關係，小倫座位被如此安排。
高中

小倫，
你能不能好好的看我一次？
呃……
可是我……
終於……到了研究所指定考試。

終於⋯
我的機會來了——
計畫了二十一年⋯⋯

猛抄
最後他考上了研究所。
堅持自己的夢想，並持之以恆——
成功，就是預料中的事。

遮一下
便所超人！你穿好了沒？爸跟媽馬上就要去朋友的宴會了！
好了啦！
你又穿這樣，你上面不准沒穿，空空的很難看耶！
你頭上不拿掉沒關係，但你至少上面遮一下，
用這件。
好啦！
我會遮一下啦！

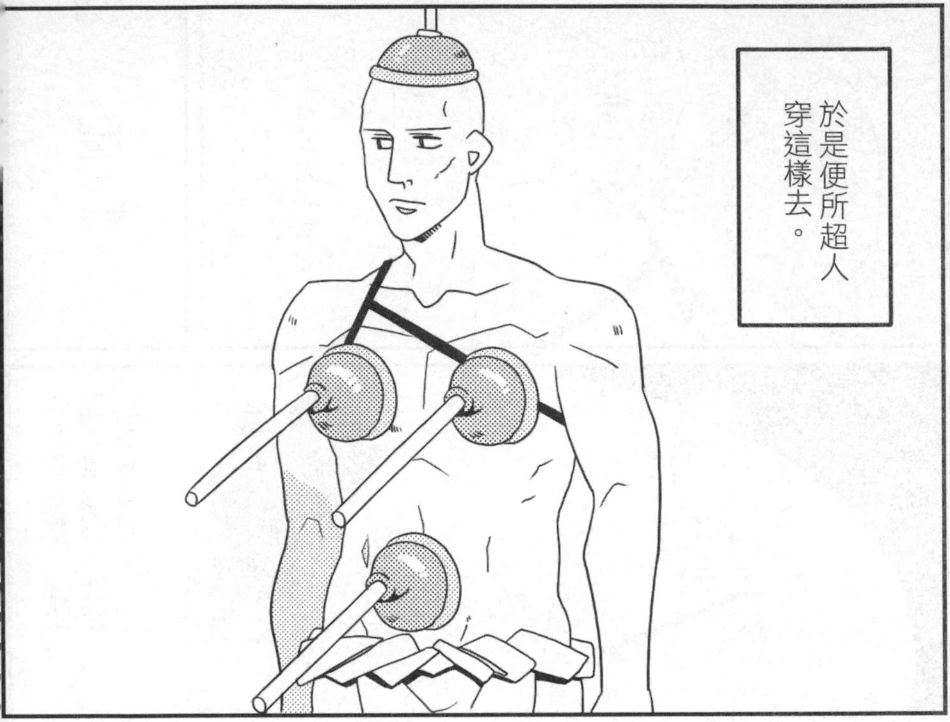

網友神吐槽

Virx：請問這款式哪裡可以買呢

大大一顆草：只要成為超人，怎麼穿搭都有型－.－

假假的：我已經報警了

正常鏡頭模式

分鏡時，隨著鏡頭的不同，
帶給人的感覺也不一樣。

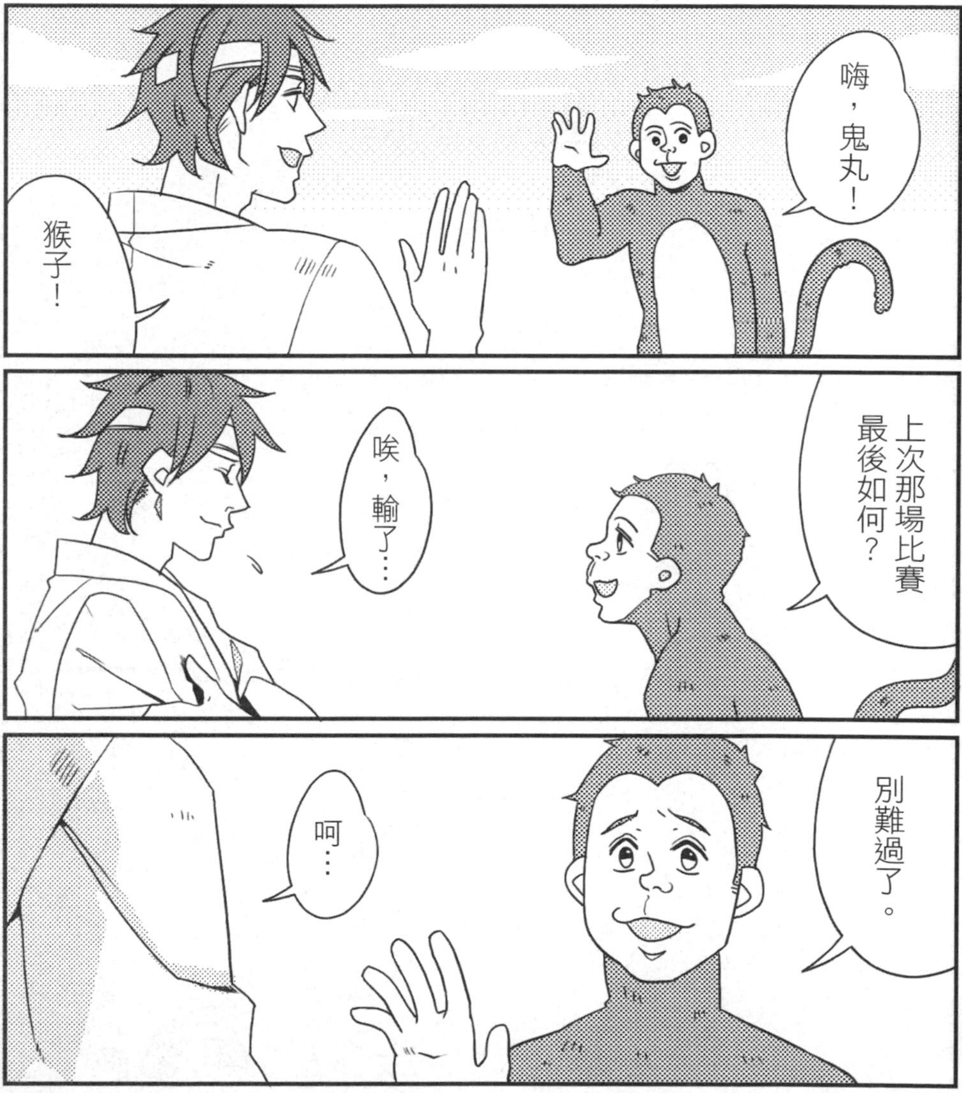
嗨，鬼丸！
猴子！
上次那場比賽最後如何？
唉，輸了⋯
別難過了。
呵⋯

耍帥鏡頭模式

許多英雄式漫畫擅用的鏡頭模式，
看起來很酷。

輸了……
別難過了！
呵……
至少學到教訓，
說不定這樣更好呢！

物境鏡頭

藉由一直拍攝其他物品，
若有所指的鏡頭。

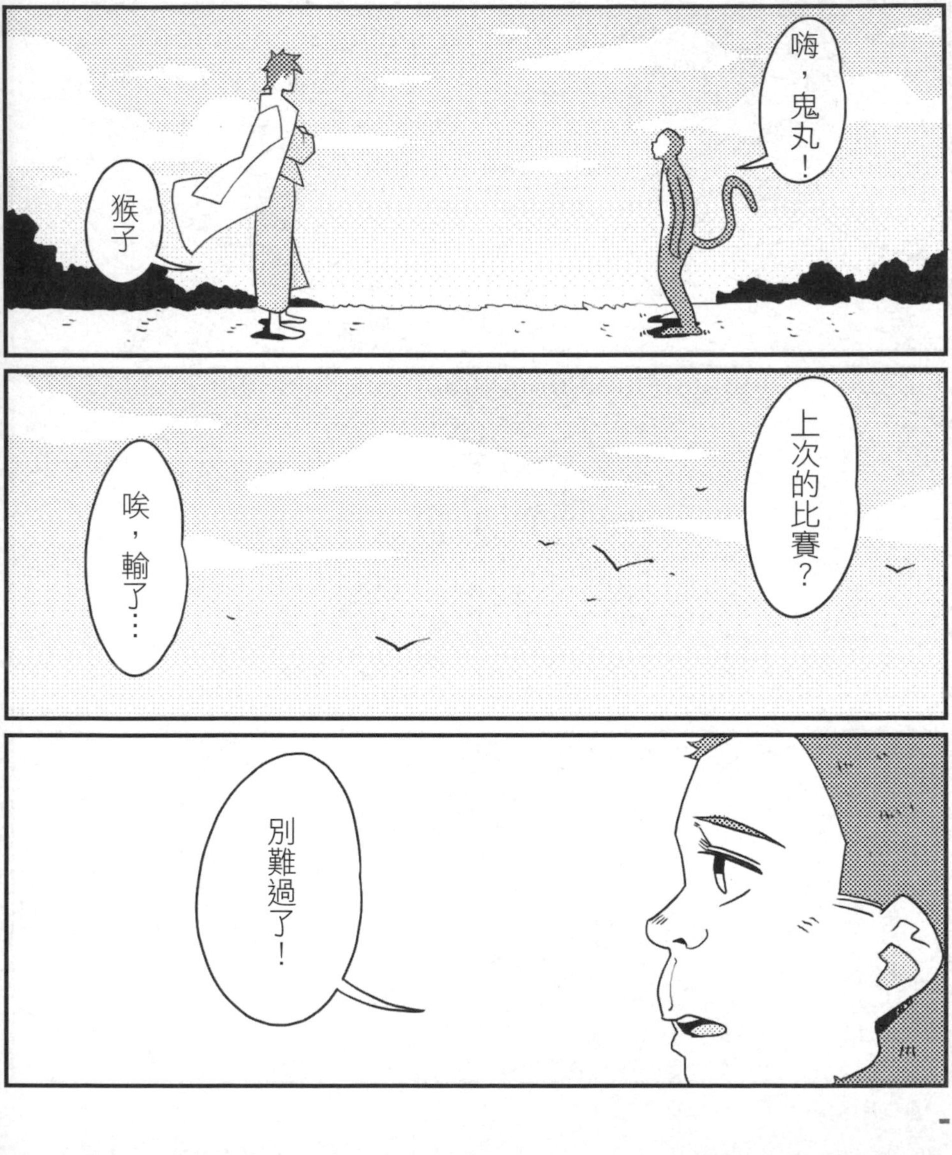

搞笑鏡頭

故意把人物拍得很蠢的鏡頭。

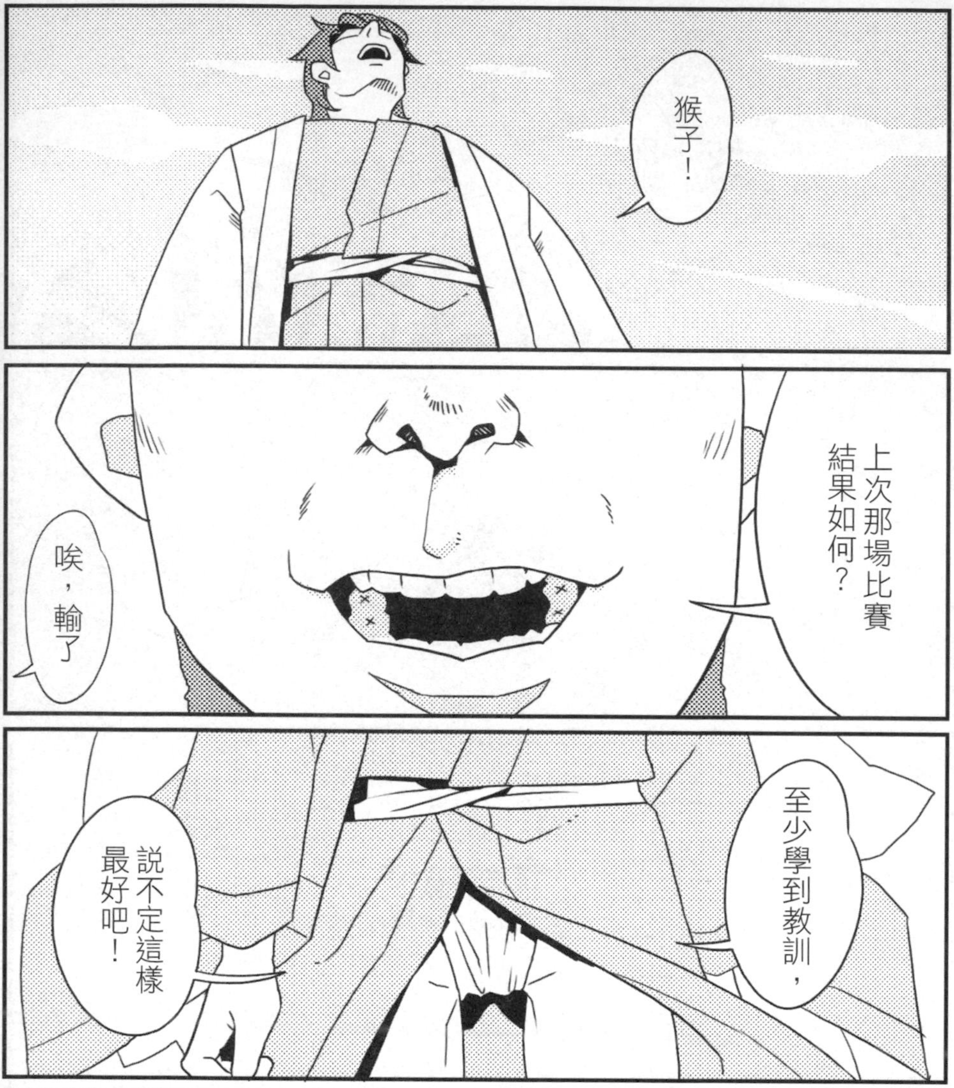
猴子！
上次那場比賽結果如何？
唉，輸了
至少學到教訓，
說不定這樣最好吧！

不專心鏡頭

拍攝時有美女經過，攝影大哥一直拍美女。

嗨，鬼丸！
猴子。
上次比賽結果如何？
唉，輸了！
不過有學到教訓，
我想這樣最好吧！

只要有你
媽早啊！
醫生的檢查結果出來了吧？
不過還是先吃早餐吧，我快餓死了！
媽媽，不用管我的病了，至少現在我還能跟你吃早餐，就很幸福了！
小華，你媽媽告訴你只能再活十五…
不！我還沒講！你請別說！

十五…年嗎？那比我想像中還久。
如果要我做想做的事，
我可以完成好多好多。
十五個月？
那也夠我看一棵樹發芽成長結果。

或是醫生想說的是十五天？
生命剩下十五天，
也夠我們來趟環球旅行呢！
小華，你好乖，媽媽真的好愛你！
媽媽你別操心了，就算醫生說只剩十五秒，

也還來得及，
和媽媽來個擁抱！
醫生説你…
只能再活十五…
甲子。
一甲子
=
六十年
60 × 15 = 900 年？

五百年後
小華阿公，我媽媽說今天天鵝座星雲人要來找你聊天。
好想死掉…

台灣人令人無法容忍的行為
在美國，一名行動不便的老人上公車，
司機會停下車，等老人找到位子再開。
如果沒有人注意到，司機會提醒乘客。
請大家再往裡面擠一擠！
日本電車上。
若有人佔據老人的博愛座，
則日本人有以下反應。

可能是眼神暗示或打PASS，
佔據者不久就會再找其他位子坐。
然而，我去了這麼多國家，
每個國家都多少知道為老人著想。
只有一個國家對老人非常差勁……

這裡是台灣的捷運車廂，
老人剛進入車廂。
坐滿了，沒位子。
老先生，現在沒位子，請您坐在我背部吧，辛苦您了！

這…真是太感謝您了…
捷運開動
捷運晃動了！
快保護好老爺爺！
老爺爺！
老爺爺！
不要緊吧!?

老爺爺！
我們不會讓您受傷的！
咦…
啊…
捷運忠孝復新站到了，要轉乘的旅客請在本站下車——
啊，我要下車了。
老爺爺要在這站離開我們了！

嗚……老爺爺……
不要離開我們！
啊……真不好意思。
但我一定要下車了。
列車到站
老先生慢走！
小心隙縫！

老先生——
掰！
再見！
台灣人總是讓我下車哭紅了眼眶⋯
真是差勁，真是太差勁了啊⋯

肉鬆麵包
小明！
你買什麼口味的？
肉鬆麵包。
你神經病啊!?
肉鬆麵包可不能隨便吃，特別是心臟不好的人！
為什麼？
那是驚天動地的美味，無人抵擋得了的極致亢奮！
我不信，我吃——

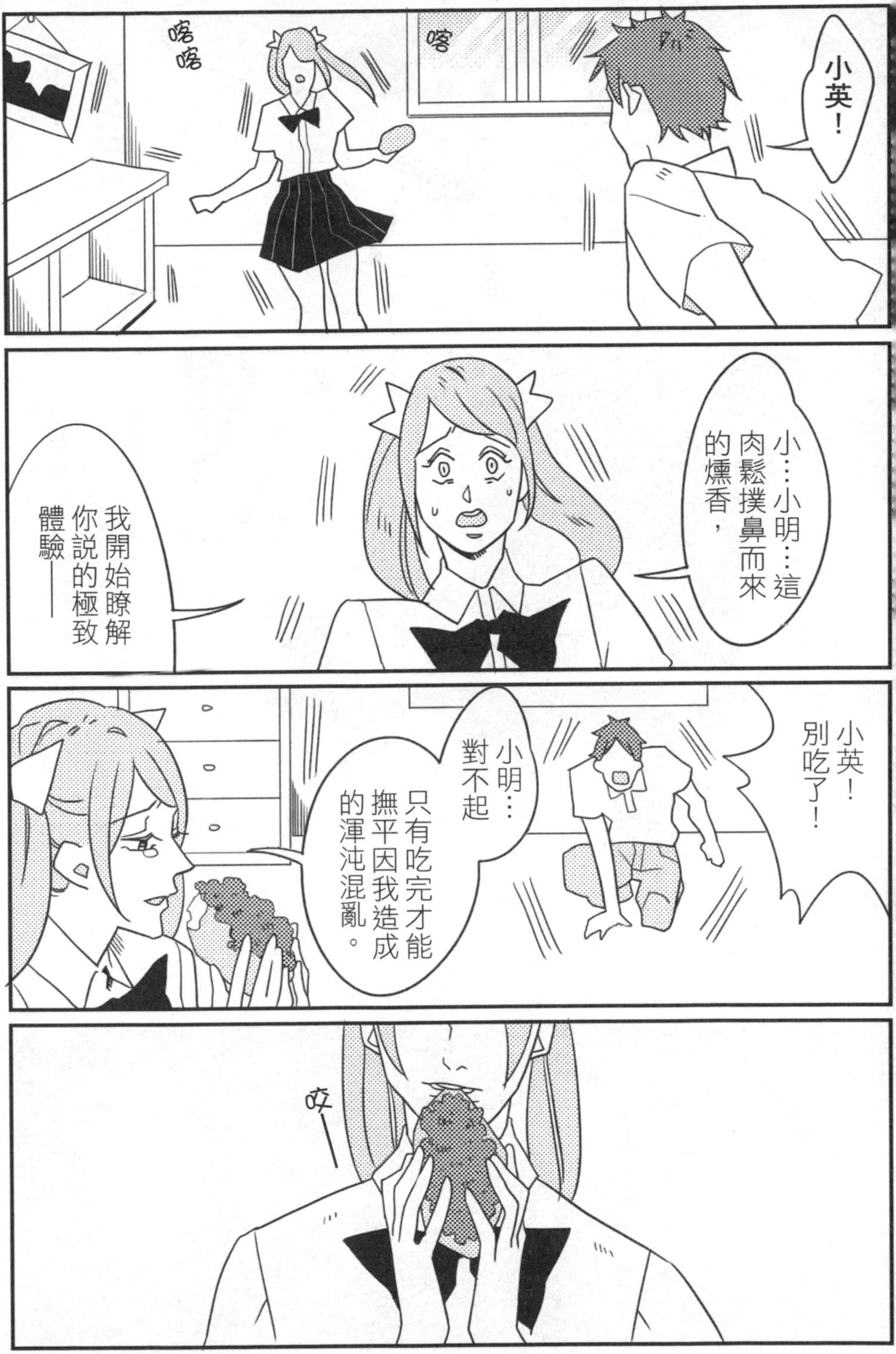
小英！
喀
喀喀
小…小明…這肉鬆撲鼻而來的燻香，
我開始瞭解你說的極致體驗——
小英！別吃了！
小明…對不起
只有吃完才能撫平因我造成的渾沌混亂。
咬—

不！太狂野了！
喀啦
啪喀
含香待放的粗野肉鬆搭配棉柔細緻的融口麵包，
這矛盾的世界…這矛盾——
我再也無法理智了！
碰
啊…這是…
小明…我們在哪裡？

小英，你咬到了美乃滋層對吧？
那會使人昇華到宇宙的世界。
肉鬆的韌，麵包的鬆，和美乃滋的潤，
韌
鬆
潤
這些就是一切宇宙萬物運作的三元素。
正確的説，美乃滋襯托了肉鬆的甘甜，也逼出了麵包的麥香，
讓人的味蕾，提升到超越人類的境界。
吃完最後一口，讓我們回地球吧！
咕…

小英，吃下去吧…
我…
小英！你一定得吃下去！
小明！我知道！但我捨不得啊！
小英，即使你吃完了，你會記得這種味道
這樣，就值得了…
這樣就值得了…

啪…
嗯…
再去買肉鬆麵包吧！
好啊！

眼光
從前，有一個媽媽未婚懷孕，
男生很不負責任的跑掉了。
在眾人歧視的眼光下，
她堅持把孩子生下來。
一個人把孩子教養大。
當然過程中，也不乏別人歧視的眼光。

但是，不管別人怎麼看，
媽媽仍陪伴孩子一起成長。
孩子越長越大，
也越來越有成就。
孩子有了小孩，也知道養小孩的辛苦。
吊單槓～
有一天深夜
嗯，他們都睡了。

媽，你也趕快睡吧！
嗯
晚安囉！
晚安
媽⋯帶小孩真是辛苦呢！
你那個時候帶我，還要忍受別人奇奇怪怪的眼光。

嗯……還好啦……
那麼多雙眼睛看我，
反正我只在意……你是怎麼看我做這個媽媽的。

外送
上面二樓的說要一杯多多綠，叫我們拿上去。
蛤？
他是不會自己下來拿喔，就在樓下而已，
還只叫一杯。
我拿上去吧。
叮咚

我樓下飲料店，你的多多綠是30元。
喔，拿去。
!?
喀鏘
你好像很驚訝，怕你死不瞑目，我就告訴你吧⋯
我是個殺手，我在飲料店待了一年，就在等這一刻——
是嗎⋯看來我是逃不了了，
死前我可以問個問題嗎？
問吧！

你直接上來就好了，幹嘛在我家樓下待那麼久？
要你管！
咦咦咦！

電線桿
今仔日的風真透！阿公的臉臭臭！
啊……唔……前面有根電線桿，我小個便一下，
幫我拿公事包。
前輩，這樣不好啦。
我要尿尿！
雞雞快爆！
我要尿……尿！

好啦，拿你沒轍，我來把風。
喂！你在幹嘛？
警察？
前輩！快跑！
不准跑！
我問你，剛才是你尿在電線桿上的嗎？
嗯……是我……

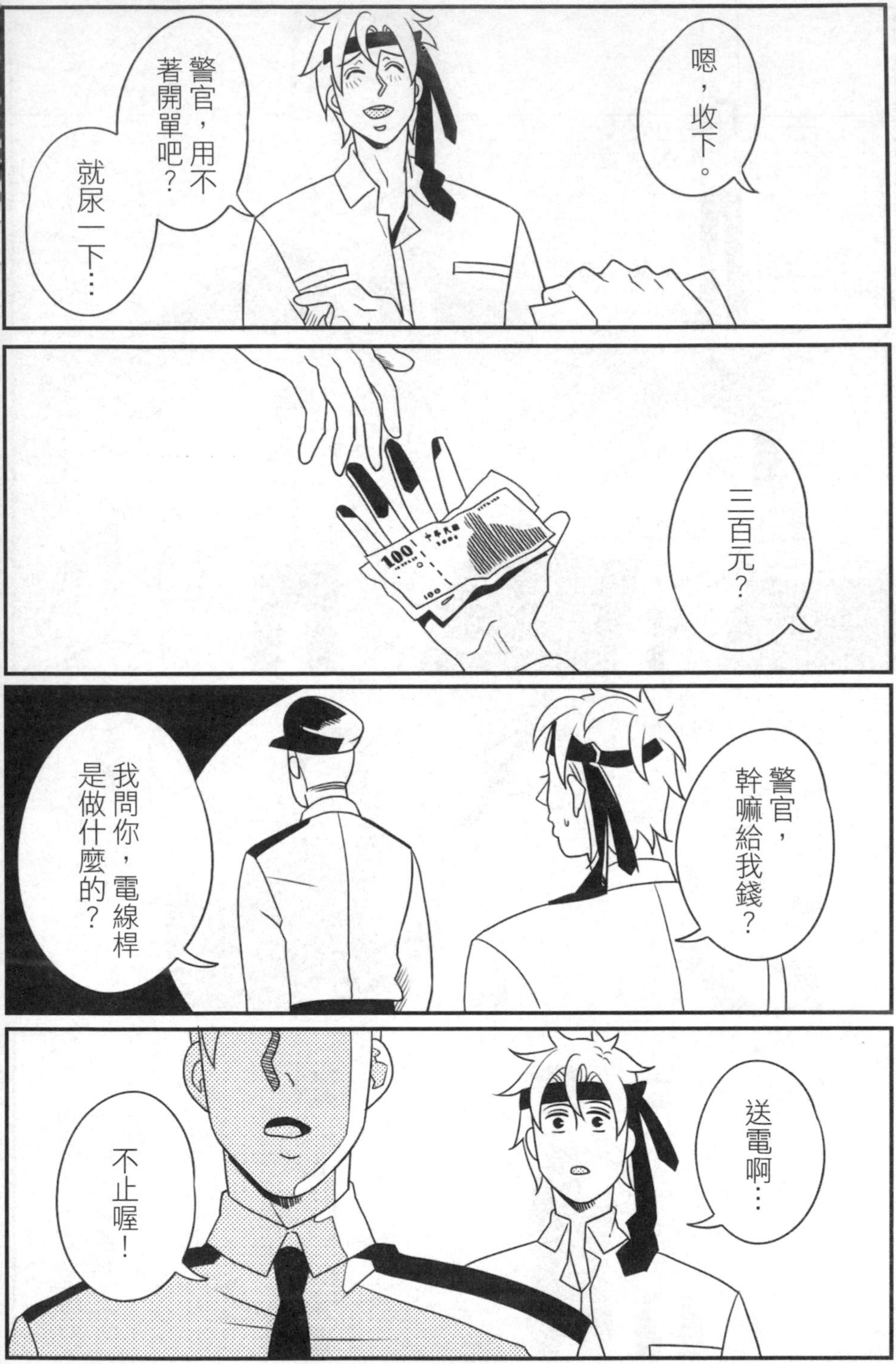
嗯，收下。
警官，用不著開單吧？就尿一下…
三百元？
警官，幹嘛給我錢？
我問你，電線桿是做什麼的？
送電啊…
不止喔！

生質燃料型電線桿，底部不只是水泥基座，
而是混合觸媒層的高分子導體。
人體尿液中的氨（阿摩尼亞）被觸媒轉化成銨離子與電子，
e^-
NH_4^+
NH_3
N_2
NH_3
NO_2
銨離子與地表中和，而電子往電纜移動產生電流。
也就是說，這種電線桿不但能輸送電，
也是用氨氮為燃料的發電機呢！
警官！我帶一家大小來尿尿囉！
啊，辛苦你們了！

哪裡，現在能源短缺，
能為世界貢獻一點心力，
才是好公民！
啊，我又有尿意了！
為了我們下一代的能源永續，各位讀者下次尿尿一定要尿對地方喔！

紅袍紅帽白鬍子
幹！
機車！冷死了！
老公，你要讓小明相信有聖誕老人喔
誰相信啦幹！
這個時候摔角季後賽都要開始了——！
我在做這種愚蠢的事！
幹！冰死了！
操！為什麼我要從通風管進去啊？
聖誕老人不是爬煙囪嗎？

幹！蠢死了！我不演了啦！
小明應該接受世界上沒有聖誕老人的事實——！
先生，今天聖誕夜耶！
你不回家在幹嘛？
我……不敢面對我的家人，
我生意失敗，現在被人追債。

我的家庭……
已經沒有我做父親的存在了……
回家吧，我不會在意那筆金錢了。
你？
你是達興企業的老闆？
嗯……我只是跟你做了個交易，
因為你教了我一件很重要，比金錢還重要的事——

與家人相處的時間是珍貴的。
來……這個幫我送給你兒子，
讓他相信真的有聖誕老人存在。
謝謝你……
等我有錢，我一定會還給你的！

冰死了！
可是我不能讓我的孩子在童年裡，
沒有我的影子。
媽的！好冰啊！

網友神吐槽

劉雅嫚：奇片被轉移了，你誰啊XDD

Chin Ar：通風管也太大了

林哲先：通風孔在牆壁上就是超展開了阿

愛情
耶！好開心！
今天要跟小明約會。
小明？
你、你說你最近暗戀的對象…
該不會是小明？
嗯…我…
對不起！小米！我不是故意的！我真的不知道！

你在說什麼啊，我才不會介意呢！
你們兩個才是天造地設的一對，別想太多了，反正我也沒跟他交往過，
趕快去吧，不然要遲到了。
小、小米…
小米，你的行為實在太偉大了！
我實在捨不得破壞你們的友誼，不如你們兩個都跟我交往吧！

小明！謝謝你！
小明真是人太好了！

一夢中奇遇一

你不能愛上我！
為什麼？
一個女生拒絕男生的理由有千百種，但你絕對沒聽過這個理由。
你在夢中啊——
你愛上夢中的女孩了。
我……我當然知道——

瞬間來到另一個場景，我卻覺得很自然……可見這真的是夢啊！
所以請你好好珍惜現在，因為等你醒來，你會忘了這一切。
真的會這麼快就忘記嗎？

你已經忘記這個夢之前的幾個夢了，
不然你的腦袋會裝了二十幾年的回憶。
我覺得妳很熟悉，我們在前幾個夢中相處過嗎？
夢中唯一讓你記得的叫做情感，
其他有意識的回憶是不會記得的。

我們曾經做了什麼，
妳還記得嗎？
沒什麼…
你不用太在意
你不要太激動，
不然又流鼻血了。
不然又流鼻血了……

你又流鼻血了。
又流鼻血了。
又流鼻血了。

又流鼻血了……
妳騙人！
我們相處過對吧！而且還是很長的時間！
小雄…這是最後一個夢了…

夢醒後…那些回憶和我…都只是空白。
不要讓我忘記妳！

妳不是夢，妳是存在的！
妳是存在的！那些回憶不是空白！
我愛你
夢中的女孩

鈴鈴鈴…
鈴鈴鈴…
夢中的回憶是記不起來的
唯一記得的……

網友神吐槽

夏天到了要昏迷：史上最奇怪的奇片

教煮大人：這麼感人不可能是奇片！
一定是我今天打開網頁的方式不對！！

葉小司：這不是奇片啊啊啊啊啊(尖叫

—失戀—

因為別的女人…
就把我甩掉嗎…
奇片…那種渣男…
嗚…
男人嘛，都是一個樣，特別是奇片那種畜生。
學姊，你也失戀過嗎？
失戀是很痛，但我學會了品嘗失戀的美好。
美好？我不懂。
傻女孩，眼淚不是這樣咕嚕咕嚕地吞下肚，
必須細細品嚐其中的美好。

眼淚除了含有天然鹽的風味，還含有眼角帶出的角質，
並且略帶油脂的香味，單純品嚐，其實是很有風味的喔！
再來是醒淚，把湯匙抬起靜置，在靜置過程中，把淚水的較粗皮質分離，
否則會喝起來苦澀。
首先，要用瓷湯匙盛裝，因為陶瓷散熱慢，能保有淚水的溫熱，
再以手指抵著匙背，略為提溫，
很多人說「淚水是苦澀的」，這因為他們都喝錯方法，
現在我醒好了，你再喝喝看。
提溫除了活化淚水所含有的營養分子，也能把香味蒸散出來——
我聞到了，略帶焦糖的香味。

咕……
那你就再去跟奇片談一次戀愛吧！
奇片！給我出來！
這柔綿的口感，略帶鹹味的香氣，彷彿威士忌的香醇卻不帶辛辣——
這真的是我的淚水嗎？
你已經忘記失戀的痛苦了吧？
失戀算什麼？我現在更擔心喝不到這樣的淚水啊！

—明星—

大明星艾蜜莉出來了！
趕快去問她緋聞！
TBVS
不，我跟他只是好朋友。
咦…
艾蜜莉鼻子掛了條鼻涕！
啪啪
隔日
××日報
鼻涕女王
完了！我們經紀公司塑造的明星形象全毀了！
形象一毀，損失的產值超過十億啊——！
嗚…
這種時候只有硬掰下去了，去給我準備一場記者會。
是

各位記者大家好，那天艾蜜莉鼻子上的不是鼻涕條，
而是我們為新商品作的宣傳手段——
不久，人中吊飾成為飾品的主流，艾蜜莉的聲勢高漲
你的吊飾哪買的？
呵呵，夜市貨啦！
各位觀眾，這是奧本華最新設計飾品
施華威洛水鑽人中吊飾！
唉唷，這不是小莉嗎？我老公買給我的吊飾好重喔！
可惡，愛炫耀！
完美的人中需要飾品襯托
利用吊飾能平衡臉形，使鼻樑更立體

—瓶蓋—

養樂多的瓶子要丟寶特瓶回收桶，
而蓋子要丟哪呢？
老、老王？
小明！
根本找不到要丟哪種吧…
一般垃圾
寶特瓶
鋁箔包
我平時把你當兒子看待
哪有兒子有困難，父親不出面的道理？
小明！

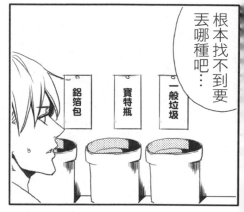

小英、紫米！你們也來了！
我可不想來喔，要不是小英為你心急，我才不想幫你忙！
喬哥、馬力…對不起，我不是有意…
算了算了！
太好了！
大家…
喂！
誰叫我們是朋友呢？
你這討厭的愛哭鬼…
哈哈哈！
有困難竟然自己悶不吭聲！
這樣叫朋友嗎？
你夠不夠朋友啊？
小明，你不是孤獨的！
噗噗熊！和森林的所有動物！

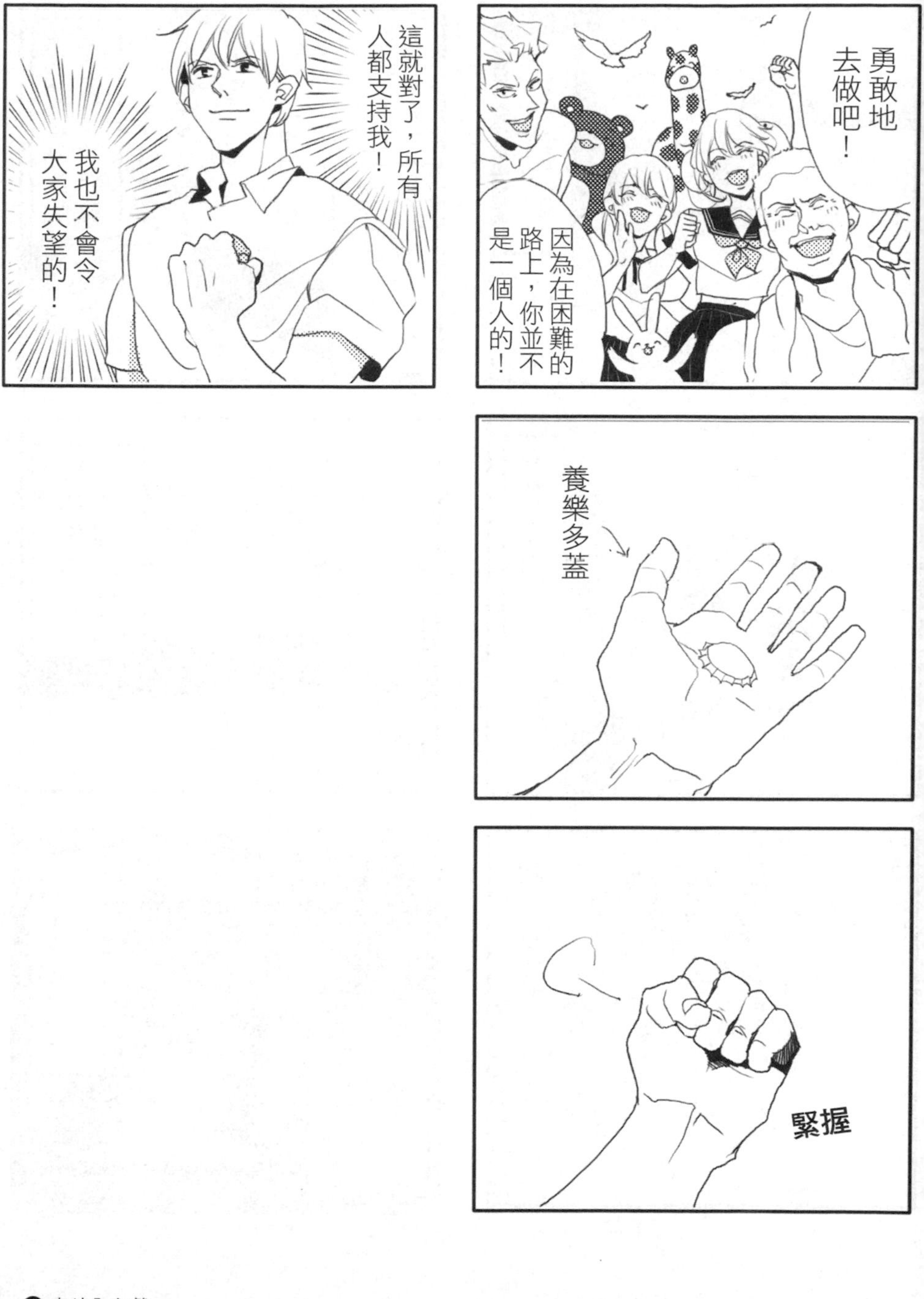
勇敢地去做吧！
因為在困難的路上，你並不是一個人的！
這就對了，所有人都支持我！
我也不會令大家失望的！
養樂多蓋
緊握

—捷運站—

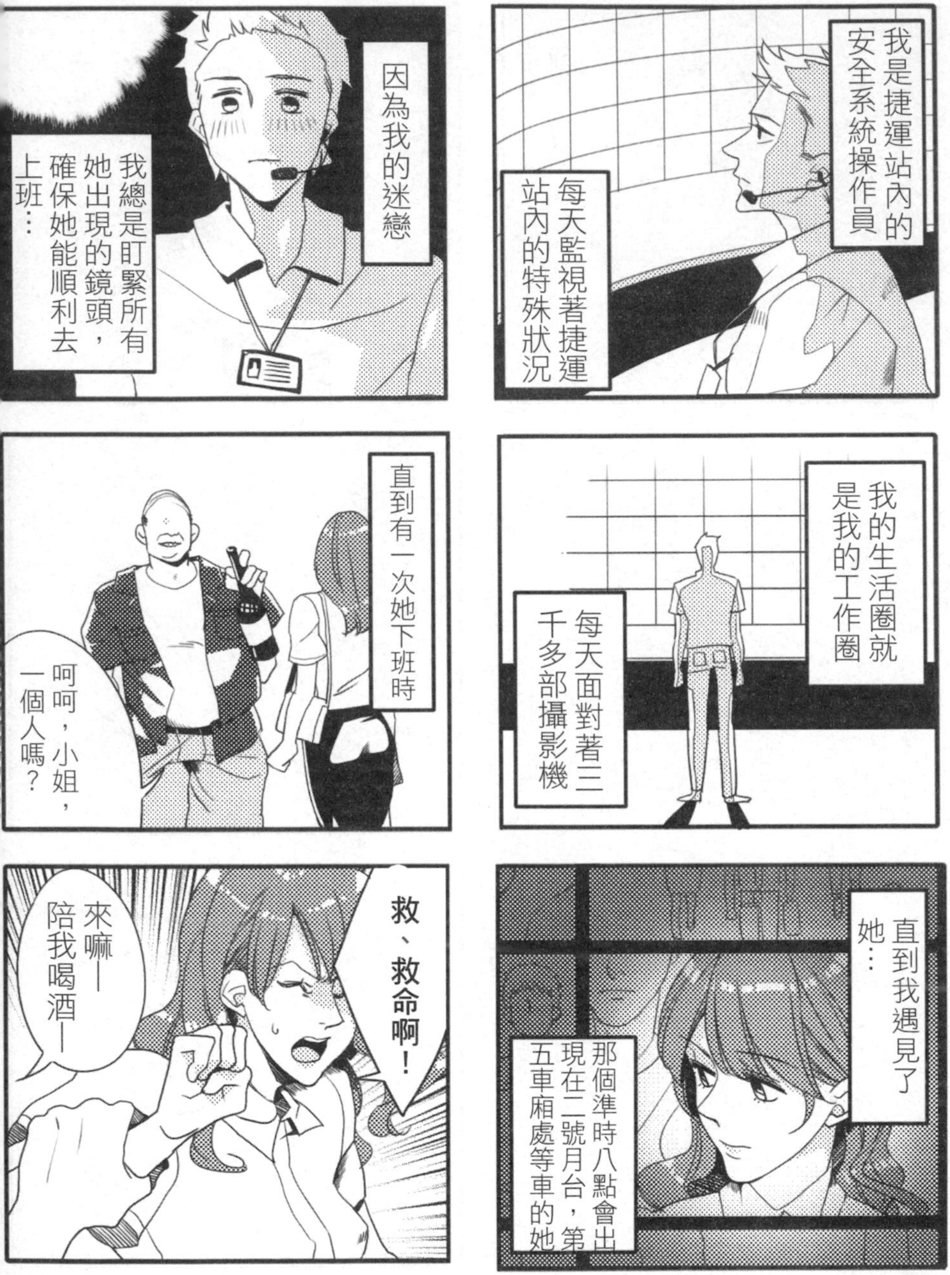
我是捷運站內的安全系統操作員
每天監視著捷運站內的特殊狀況
因為我的迷戀
我總是盯緊所有她出現的鏡頭，確保她能順利去上班⋯
我的生活圈就是我的工作圈
每天面對著三千多部攝影機
直到有一次她下班時
呵呵，小姐，一個人嗎？
直到我遇見了她⋯
那個準時八點會出現在二號月台，第五車廂處等車的她
救、救命啊！
來嘛—陪我喝酒—

那女子被醉漢纏上了
可惡！一定要救她才行！
切換到45號攝影機！
呼…太好了，救她一命了！
來嘛，喝一口嘛——
等等！
噗喔！
轉頭
剛才是你救我的嗎？

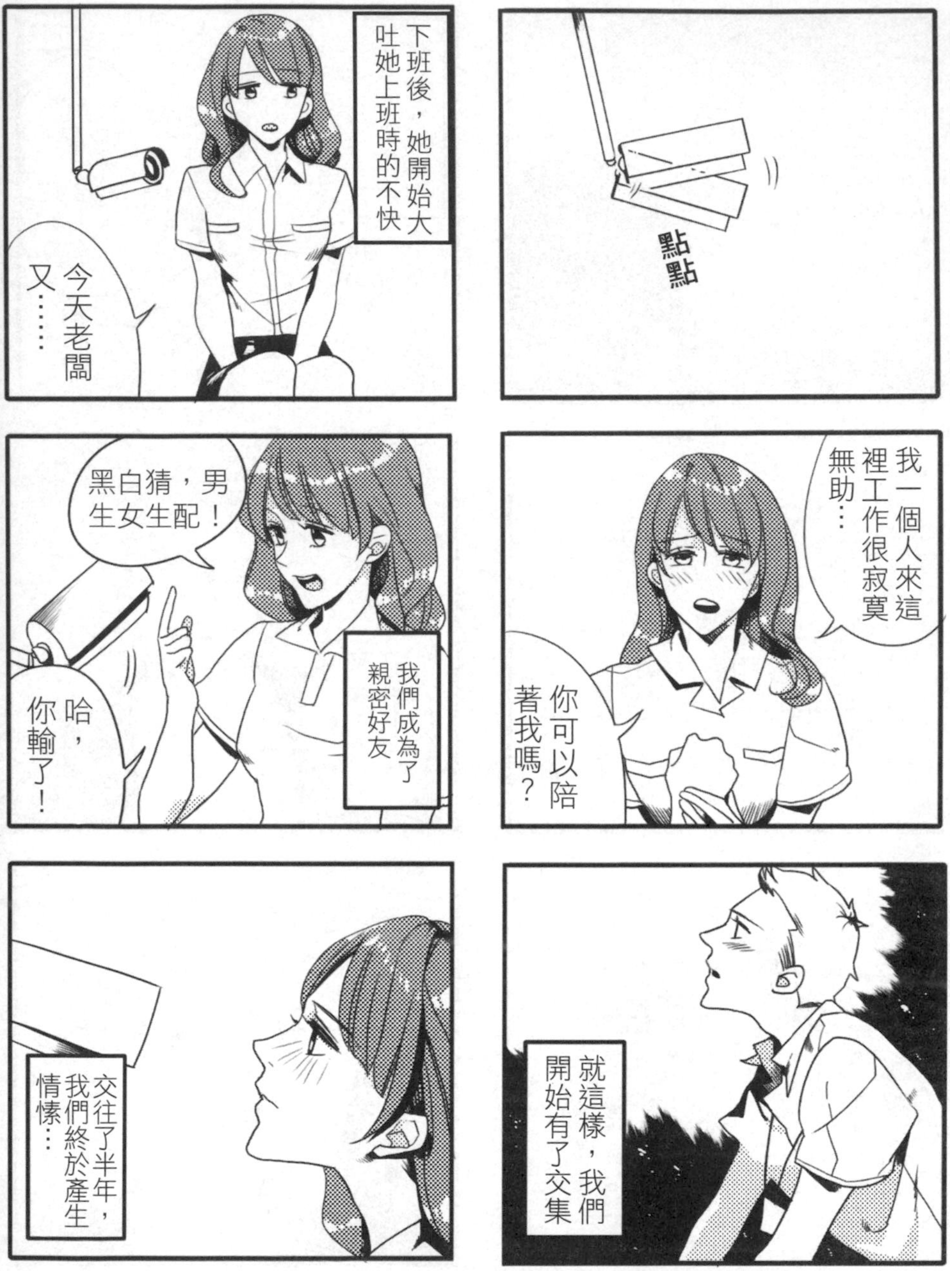
點點
下班後，她開始大吐她上班時的不快
今天老闆又……
我一個人來這裡工作很寂寞無助……
你可以陪著我嗎？
我們成為了親密好友
黑白猜，男生女生配！
哈，你輸了！
就這樣，我們開始有了交集
交往了半年，我們終於產生情愫……

啊……
不要，太激烈了！
就在要發展更進一步的關係時——
小慧，
我不想躲在鏡頭後了！
我就是那個攝影機的操作員，
即使我沒自信，而且現實的我充滿缺陷…
但我只想誠實地面對你，
因為我愛你！
你也真是…讓我等了這麼久。

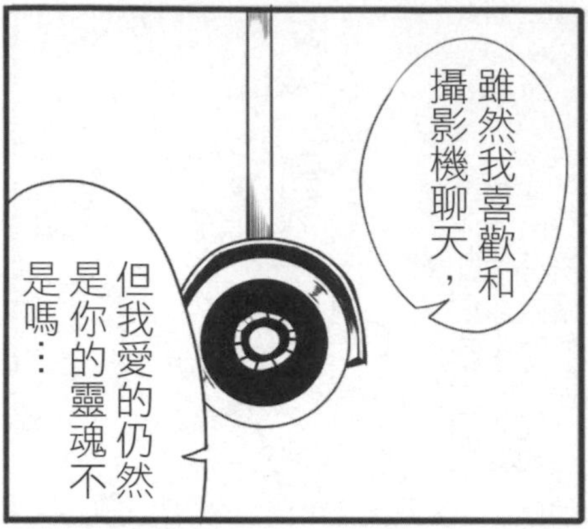

網友神吐槽

張鬍鬚：說好的超展開呢!?

shamuro：沒有超展開，就是他的超展開

newteddy：沒有超展開的超展開實在比超展開還超展開

—畫家—

我常在想，
究竟一個畫家要帶給觀眾什麼東西？
有一次我問一個欣賞我的朋友，
他希望從我的作品中得到什麼？
我想要得到一隻……
熊寶寶！
這答案讓我非常震驚，
難道我的作品只讓他想到熊寶寶嗎？
這就是…只會畫熊寶寶
的畫家的悲哀吧。
當天晚上
不行！不行！
我一定要學會畫別種人物！

不行啊！混帳！永遠都是那隻大狗熊！
唔嗯……
嗚…
嗚嗚……
算了算了……
也許睡一覺，一切都會不同。
那不是熊寶寶嗎？

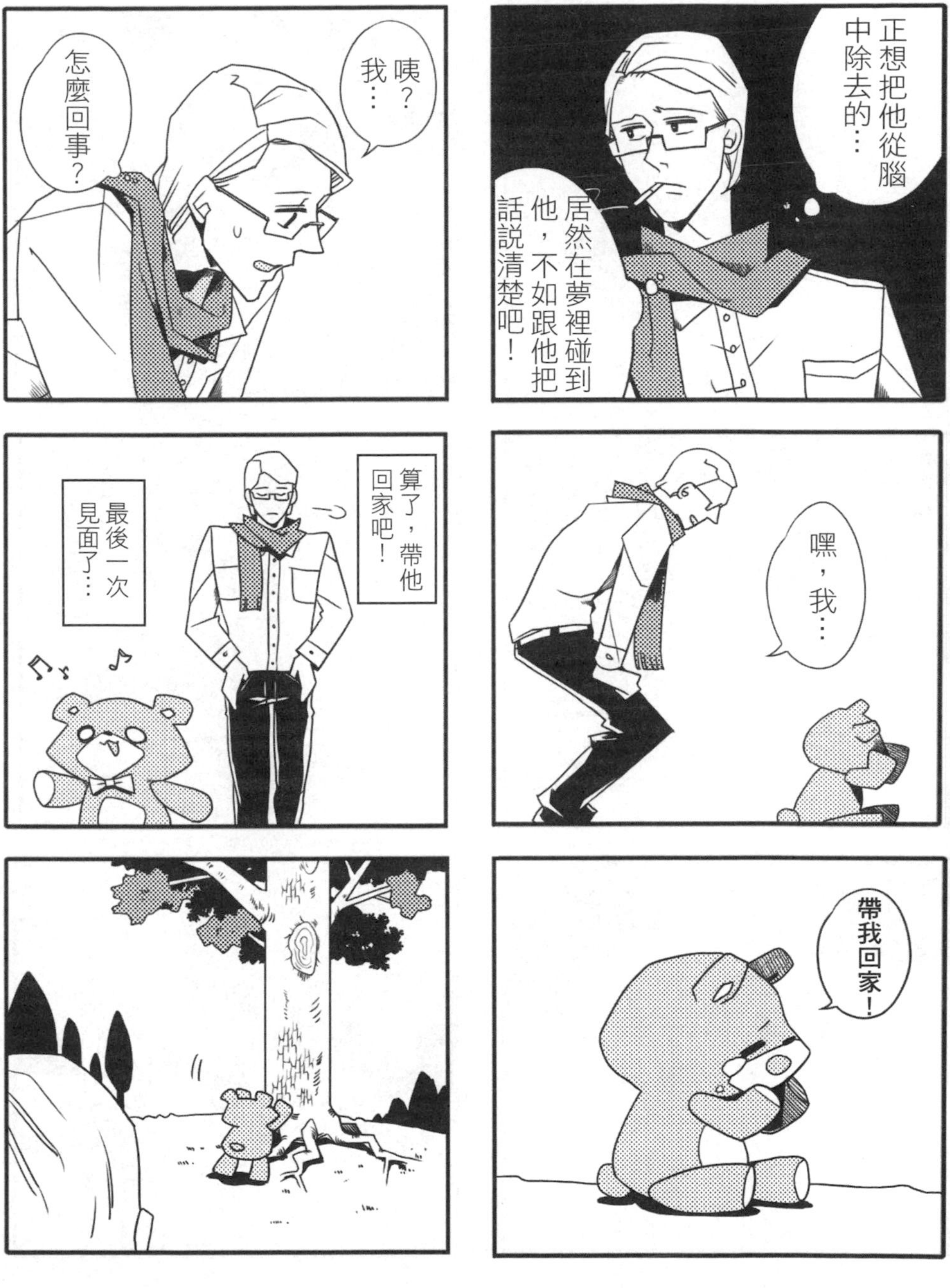
正想把他從腦中除去的…
居然在夢裡碰到他，不如跟他把話說清楚吧！
嘿，我…
帶我回家！
咦？我…
怎麼回事？
算了，帶他回家吧！
最後一次見面了…

怎麼？你家在上面啊？
不是，我想爬上去吃蜂蜜！
啊～好痛～
嘿咻——
哈哈，怎麼可能？又不是小熊維尼，
噗
你這隻大狗熊，去吃大便還差不多。
哇—
啊啊啊啊！你這隻大狗熊！
到時候拿到我也要分一半啊！
嘿！
嗯！
啪！

嗡嗡嗡
嗡嗡嗡
哇啊啊啊——!
這個夢……
我居然會希望他是真的。
耶!我家到了!
熊寶寶——!
哈哈哈!
我永遠都不離開你!

啊……
那是——我自己
小時候的自己
還很喜歡熊寶寶。
那晚之後，我改變了創作的觀念，而獲得空前的成功。
原來熊寶寶説的家，就是童年的我。
不是改變或增加哪些人物——

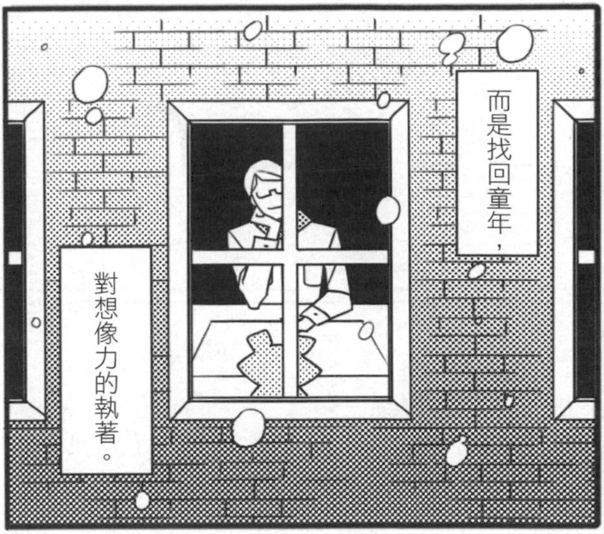
而是找回童年，
對想像力的執著。

奇片選擇題

題目：看到什麼奇景，你會想要趕快拍下來？

奇片選擇題
題目：服務生小明把湯灑到男客人身上，他該怎麼辦？
A、用舌頭把男客人身上的湯汁舔乾淨
住…住手…
B、叫男客人賠他一碗湯
媽的！我的湯咧！
啪!!
噗！
C、問他湯好不好喝
湯好喝嗎？
鮮度夠，但洋蔥的味道沒有出來。
D、趁機揭發他的易容術
海魔王，看我用湯破壞你的易容！
可惡！

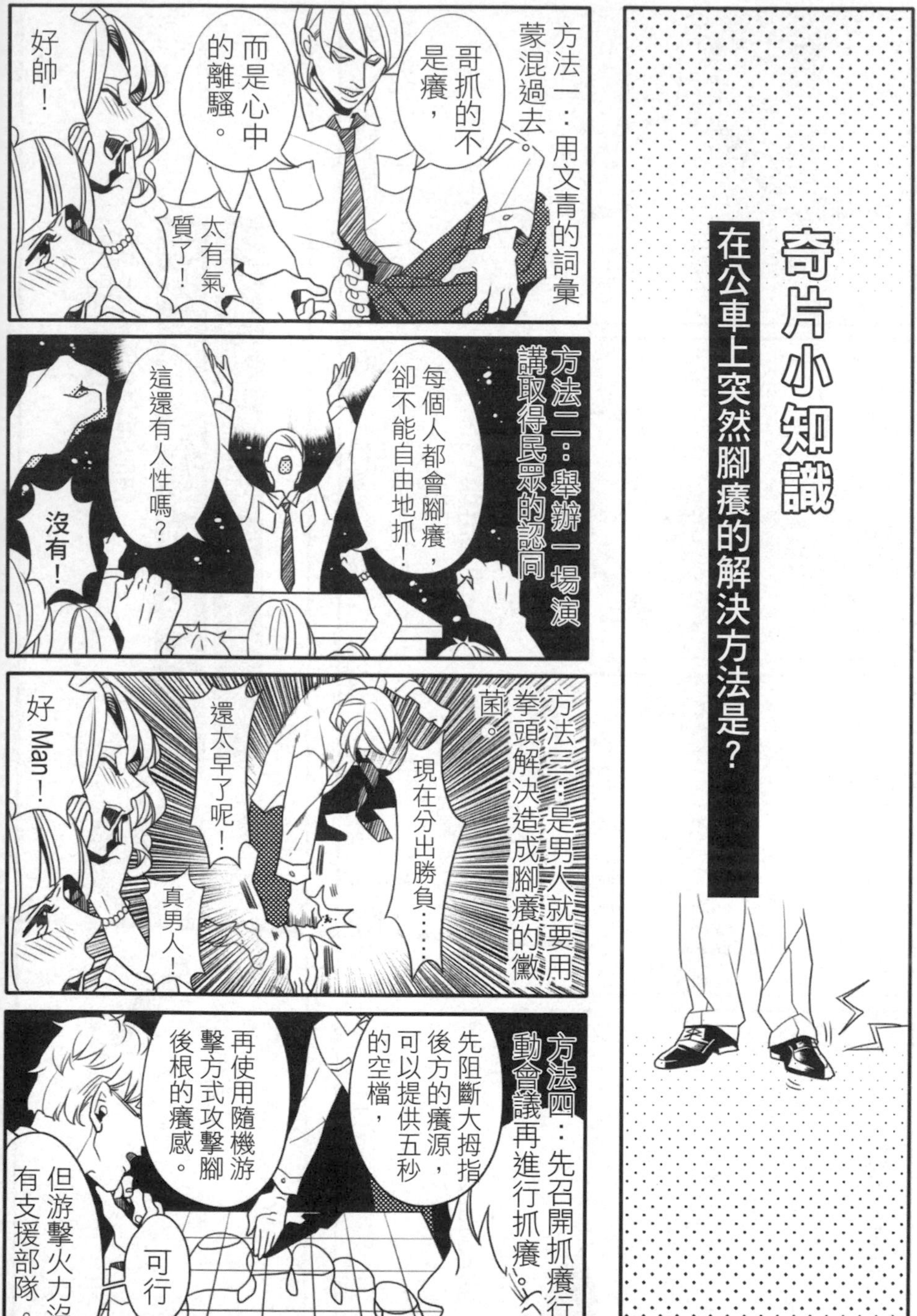

奇片小知識
在公車上突然腳癢的解決方法是？
方法一：用文青的詞彙蒙混過去。
哥抓的不是癢，
而是心中的離騷。
太有氣質了！
好帥！
方法二：舉辦一場演講取得民眾的認同
每個人都會腳癢，卻不能自由地抓！
這還有人性嗎？
沒有！
方法三：是男人就要用拳頭解決造成腳癢的黴菌。
現在分出勝負……
還太早了呢！
真男人！
好Man！
方法四：先召開抓癢行動會議再進行抓癢。
先阻斷大拇指後方的癢源，可以提供五秒的空檔，
再使用隨機游擊方式攻擊腳後根的癢感。
可行
但游擊火力沒有支援部隊。

特別收錄

奇片專訪（專訪人：小禕）

奇片你好！首先向讀者們打個招呼吧！

讀者和世茂出版社夥伴大家好！我是大師級漫畫家奇片。

你是從什麼時候開始接觸並喜歡上畫漫畫呢？

小時候在我家漫畫是違禁品，所以我對漫畫有興趣都來自電視卡通（爆走兄弟、小當家）。國高中時期就在課本塗鴉了，也曾經花一個暑假在筆記本畫長篇，並且傳閱給同學看。

奇片的漫畫風格大都以有趣的內容為主，平常創作會遇到什麼瓶頸，會怎麼解決呢？

創作瓶頸大概就是原子筆沒水吧！這時候我會出去買筆，就可以繼續創作了。

沒創作靈感當然我也有碰過，但我是奇片，彈個手指就有新靈感了。以上是官方說法，真實說法是修羅般的苦練，沒靈感就硬碰硬的想出來，方法是你絕對不會想看的。

Q 奇片的暱稱很有趣，你的暱稱有什麼特別的起源嗎？

其實奇片就是「驚奇的影片」的意思。

一開始這不是名字，是因為我在台灣論壇發表了自己創作的電影，那部電影從編劇、導演到演員都只有我一個人，但是那部電影檔案太大，我最後上傳失敗，而正港奇片，就是用來打這部電影的廣告用的。

雖然電影沒成功發表出去，但因為不想浪費在論壇註冊的帳號，所以就開始在網路發表漫畫。

Q 畫漫畫對你的人生來說有什麼特別的意義？

我是漫畫界的王力宏，我將漫畫如同情歌一般融化歌迷的心。

我追一個女孩子時，也會在她家樓下，天天對著她畫漫畫，總有一天我要開一場，在小巨蛋的漫畫演唱會。

另一種說法是我自己對戲劇很有感覺，總是會有自己想說的故事，用漫畫來呈現是個不錯的方法。

Q 創作之前，都會做些什麼準備？

因為我是在外面的圖書館創作，所以我事前一定要做的準備，就是把衣服和褲子穿上，有時候也會把腳套入鞋子裡面。

這個準備對漫畫家來說非常重要，創

作一定要穿褲子。

另外我很注重方法，方法對了，創作才會順利，作品也會好看～

迄今為止，有沒有什麼作品內容是你非常愛，但因為各種原因一直沒有嘗試的呢？

我想用3D浮空投影表現漫畫，但現在科技還做不到。

其他我都在發表想交女友的漫畫，這就是我非常愛的內容。

一路走來有沒有家庭、學校或者社會的壓力，讓你曾經想過放棄畫畫？

不會。

我一張簽名值20萬元，每天簽五張，我一年就不用工作了。

雖然目前沒半張賣出去，但我跟家人、老師提到這個計畫，他們都說非常可行，非常鼓勵我往簽名的路走，當然另外也要有實質的獲利，通常這樣大家就不會說什麼了。

日常生活中的奇片有些什麼愛好嗎？

我會躲在樹上吃香蕉，人類以為把我囚禁在建築物裡，就能夠把我變成同類，但我還是在樹上才能表現自我。

另外我喜歡看小說、看電影，或是看雜誌，假日時間最喜歡去書店。

另外我也有幻想，之後交到女友要帶

她做什麼，我有想過租DVD兩個人一起看，或是去二輪電影院看電影，或是兩個人在大學裡面邊走邊聊天，想起來真的超浪漫的。

今後有什麼計畫？

可能等下會去買牙線吧，我的牙線只剩一盒了。

有在計畫等下晚餐要吃麥當勞還是自助餐，如果是長遠一點的計畫，我以後會想走我的專業吧！這會讓我在漫畫市場當中變比較特別。

最後，對想要開始創作的新手朋友及你的粉絲們說點什麼吧～

非常榮幸能接受專訪！

小弟不才，能有這次受訪的機會真的莫大的榮幸。

我的網誌有很多的作品，巴哈小屋也有一部分作品，如果要最新的訊息和創作，歡迎加我的臉書粉絲團或是噗浪。

給想要創作的夥伴朋友，你們不要來搶我的飯碗，去做別的工作啦！

奇片後記

六年前的今天，我在台灣論壇原創天地發表第一篇文章，從來沒有想過今天我有出書的機會。這幾年創作的過程雖然常常感覺壓力，但還是非常好玩。朋友們，如果你也喜歡創作，要記得莫忘初衷，讓讀者開心，更重要的是讓自己開心。

這本書記錄了我每個時段不同的想法和創意，就像一本日記一樣，寫下了我想表達什麼，做了什麼。這本書的完成，特別感謝世茂出版社給我這個機會，不管是編輯小芸、企畫瑞芸、陳主編、簡總監還有其他工作人員，因為我常求好心切而固執，很感謝大家的包容和協調，在製作過程中愉快而順利。非常感謝L鼻願意跟我合作，她有非常優秀的才能，和非常努力的態度，是這本書最大的支柱。

感謝各位圖文作家、漫畫家推薦我的書，讓我深以創作人為榮，台灣漫畫耕耘起來不容易，這些人都是偉大的貢獻者。感謝我的家人、朋友、老師支持我的創作，在精神和物質上給予我很大支持。

感謝閱讀作品的您，因為各位讀者的支持，我才有這樣出版的機會，也才有動力想出更棒的點子來娛樂各位，希望閱讀這本書讓您開心，讓一個讀者感動或者笑，是我最驕傲的事情。

L鼻後記

大家好！我是L鼻。

不知不覺，跟奇片也合作一年多了。

一開始只是很單純地奇片給我分鏡稿，而我畫成漫畫領稿費而已，後來我們開始合作出本，在CWT、FF等場次販售，漸漸的粉絲越來越多，也出現了出版社和我們合作出書，這些是當初沒預料到的！

過去也常常自己自費出本，但跟出版社合作出書是第一次，感覺十分新鮮。

雖然繪製新書的過程是各種修羅場，但看到成品的那一刻感覺一切都值得了！

在這邊要感謝一路支持我們的朋友們，有你們的支持才有今天的我。以後我也會繼續努力下去的，謝謝大家！

編輯後記

大家好！我是奇片與L鼻的編輯李芸。

第一次看奇片的作品，心裡只有一個感想，就是「這個人有事嗎？」，但同時心中又覺得能想出這麼多梗真是太有才華了（是真心的），於是我就默默的點了讚。

某一天，辦公室裡不知為何開始討論奇片，於是大家就興起找奇片出書的念頭，沒想到奇片意外的好勾搭，很快就約到奇片與L鼻出來開會。

共事的過程中，奇片認真負責，力求完美；L鼻更是讓我佩服到五體投地，畫稿、改稿速度都超快，與兩人溝通上都非常順利。

順帶一提，奇片本人是斯文型的，而且看起來非常年輕，他真的沒有女朋友（有沒有男朋友我就不知道了），想要遞情書、送點心、告白的妹子們，放心地上吧！

最後，很榮幸能有機會與兩位有才華的創作者合作，也請大家繼續支持正港奇片與L鼻，謝謝！

圖文 1

失戀救星正港奇片

作　　者／正港奇片
繪　　者／L 鼻
主　　編／陳文君
責任編輯／李芸
企畫編輯／余瑞芸
出 版 者／世茂出版有限公司
負 責 人／簡泰雄
地　　址／（231）新北市新店區民生路 19 號 5 樓
電　　話／（02）2218-3277
傳　　真／（02）2218-3239（訂書專線）・（02）2218-7539
劃撥帳號／ 19911841
戶　　名／世茂出版有限公司　單次郵購總金額未滿 500 元（含），請加 50 元掛號費
世茂網站／ www.coolbooks.com.tw
排版製版／辰皓國際出版製作有限公司
印　　刷／祥新印刷股份有限公司
初版一刷／ 2014 年 7 月
　　五刷／ 2015 年 12 月

I S B N ／ 978-986-5779-39-9
定　　價／ 240 元